王楠楠 注译

世说新语品读【第四卷】

中原出版传媒集团
中原传媒股份公司
中州古籍出版社

六

【原文】

戴安道①就范宣学,视范所为,范读书亦读书,范抄书亦抄书。唯独好画,范以为无用,不宜劳思于此。戴乃画《南都赋图》②,范看毕咨嗟,甚以为有益,始重画。

【注释】

①戴安道:戴逵,字安道,不远千里到豫章去拜范宣为师。范宣精通经学,以讲诵为业,很看重戴逵。

②《南都赋图》:汉代张衡作,记述了汉朝旧都南阳的盛况。

【译文】

戴安道登门向范宣学习,一切都参照范宣的所作所为,范宣读书他也读书,范宣抄书,他也抄书。唯独喜欢绘画,范宣认为没有用处,不应该在这方面费心劳神。戴安道于是画了《南都赋图》,范宣看了,赞叹不已,认为很有好处,这才重视绘画。

七

【原文】

谢太傅云:"顾长康①画,有苍生②来所无。"

【注释】

①顾长康：即名画家顾恺之，字长康。

②苍生：人类。

【译文】

太傅谢安说："顾长康的画，是自有人类以来所没有的。"

八

【原文】

戴安道中年画行像①甚精妙。庾道季看之，语戴云："神明太俗，由卿世情未尽。"戴云："唯务光②当免卿此语耳。"

【注释】

①行像：用宝车载着佛像在城市街道上巡行的一种宗教仪式。一般多在佛生日举行。一说即行乐图，游玩娱乐的人像画。

②务光：传说是夏朝人，隐士。商汤要讨伐夏桀时和他商量，他说："非吾事也。"后来商汤要把天下让给他，他说："吾闻无道之世，不践其土，况让我乎？"负石自沉于水。

【译文】

戴安道中年时画佛像画得非常精妙。庾道季看了他的画，对他说："神像画得太俗气，这是因为你还没有完全摆脱世俗之情。"戴安道说："只有务光才能避免受到你这样的评论啊。"

九

【原文】

顾长康画裴叔则①,颊上益三毛。人问其故,顾曰:"裴楷俊朗有识具②,正此是其识具。"看画者寻之,定觉益三毛如有神明③,殊胜未安时。

【注释】

①裴叔则:裴楷,字叔则。
②识具:见识和才能。
③神明:气韵。

【译文】

顾长康为裴叔则画像,脸颊上多画了三根胡子。有人问他是什么缘故,顾长康说:"裴楷俊逸爽朗,很有才识,这恰恰是表现了他的见识才能。"看画的人寻味起画像来,确实觉得增加了三根胡子才更有气韵,远远胜过还没有添上的时候。

一〇

【原文】

王中郎以围棋是坐隐①,支公以围棋为手谈。

【注释】

①坐隐:围棋的别名,也叫作手谈。《颜氏家训·杂艺》:"围棋有手谈、坐隐之目,颇为雅戏。"

【译文】

北中郎将王坦之认为下围棋是座上隐居,支道林把下围棋看作是用手交谈。

——

【原文】

顾长康好写起人形。欲图殷荆州,殷曰:"我形恶,不烦耳。"顾曰:"明府①正为眼尔。但明点童子②,飞白③拂其上,使如轻云之蔽日。"

【注释】

①明府:明府在这里是对殷仲堪的尊称。殷仲堪一只眼瞎了,所以不愿画像。

②童子:瞳子,眼珠。

③飞白:中国画中一种枯笔露白的线条。

【译文】

顾长康喜欢选人物写生。他想画荆州刺史殷仲堪,仲堪说:

"我的相貌太丑陋,不麻烦你了。"顾长康说:"明府只是因为眼睛罢了。只要明显地点出瞳人,用飞白笔法轻轻掠过上面,让它像一抹轻云遮住太阳一样,这不很好吗?"

一二

【原文】

顾长康画谢幼舆在岩石里。人问其所以,顾曰:"谢云:'一丘一壑,自谓过之。'此子宜置丘壑中。"

【译文】

顾长康画谢幼舆的像,在画中把他安置在山崖乱石中。有人问他什么原因,顾长康说:"谢幼舆说过:'在一山一水间游乐,自以为超过他。'这位先生就该安置在山崖沟壑里。"

一三

【原文】

顾长康画人,或数年不点目精①。人问其故,顾曰:"四体②妍蚩③,本无关于妙处;传神④写照⑤,正在阿堵⑥中。"

【注释】

①目精：眼珠。
②四体：四肢，这里泛指形体。
③妍蚩：同"妍媸"，美丑。
④传神：指生动地表现出人物的神情意态。
⑤写照：摹画人像。
⑥阿堵：这，此处指眼珠。

【译文】

顾长康画人像，有时几年都不点上眼睛。有人问他什么缘故，他说："形体的美丑，本来和神妙之处没有什么关系；画像要能传神，正是在这眼珠里面。"

一四

【原文】

顾长康道："画'手挥五弦'易，'目送归鸿'难①。"

【注释】

①"手挥"句：顾长康常常用嵇康的四言诗的意境来作画。嵇康《赠秀才入军诗》云："目送归鸿，手挥五弦，俯仰自得，游心太玄。"这里是评论画出这两种意境的难易。五弦，形似琵琶而小，五根弦，用木或手拨弹。

【译文】

顾长康谈论作画时说:"要画出手挥五弦的动作很容易,要画出目送归鸿的神态就很难了。"

宠礼第二十二

【题解】

宠礼,指礼遇尊荣,实即指得到帝王将相、三公九卿等的厚待。这在古代是一种难得的荣誉,而宣扬这些,是要人们对在上位者感恩图报。例如第一则记晋元帝只是:"引王丞相登御床",而对贵为丞相的王导来说已是很特殊的恩宠,以至"固辞"不敢接受。第五则记在一个盛会上皇帝只问了一句"伏滔何在?在此不",当时在座的伏滔得到这样的殊荣就激动不已,赶着回去向儿子夸耀"为人作父如此"。其他如第四则许玄度受到作为京都地区行政长官的京兆尹的厚爱,第三则记郗超等得到大司马的重用,也同样是一些人引以为荣或称羡不已的。

一

【原文】

元帝①正会,引王丞相登御床,王公固辞,中宗引之弥苦。王公曰:"使太阳与万物同辉,臣下何以瞻仰!"

【注释】

①元帝：晋元帝司马睿，死后的庙号是中宗。元帝初为琅邪王时，王导就倾心辅佐他，后来即帝位，任王导为中书监、录尚书事。

【译文】

晋元帝在正月初一举行朝会时，拉着丞相王导登上御座与自己坐在一起，王导坚决推辞，元帝更加恳切地拉着他。王导说："如果太阳和万物一起发光，臣下又怎么瞻仰太阳呢！"

二

【原文】

桓宣武尝请参佐入宿，袁宏①、伏滔相次而至。莅名，府中复有袁参军，彦伯疑焉，令传教②更质。传教曰："参军是袁、伏之袁，复何所疑！"

【注释】

①袁宏：字彦伯，很有才华，和伏滔一起任桓温的参军，将军府的人称二人为"袁伏"。袁宏认为，和伏滔并列是一种耻辱。

②传教：传达教令的郡吏，指传令官。

【译文】

桓温曾经请他的属官入府值宿，袁宏和伏滔先后依次而来。

签到值宿时,因府中还有个袁参军,袁宏怀疑名单上的袁参军喊的不是自己,便叫传令官再查问一下。传令官说:"参军就是袁、伏的袁,还有什么可怀疑的!"

三

【原文】

王珣、郗超并有奇才,为大司马所眷拔;珣为主簿,超为记室参军。超为人多髯,珣形状短小。于时荆州为之语曰:"髯参军,短主簿;能令公喜,能令公怒。"

【译文】

王珣和郗超都有不同寻常的才能,得到大司马桓温的器重和提拔;王珣担任主簿,郗超担任记室参军。郗超这个人脸上胡子很多,王珣身材矮小。当时荆州人给他们编了几句歌谣说:"大胡子的参军,矮个子的主簿;能叫桓公欢喜,能叫桓公发怒。"

四

【原文】

许玄度停都一月,刘尹无日不往[1],乃叹曰:"卿复少时不去,我成轻薄京尹[2]!"

【注释】

①"许玄度"句:许玄度能清谈,名望很高。刘真长也擅长清谈,在许玄度入京时,特地准备个书斋给他住。

②京尹:京兆尹,京都的长官。刘真长为丹阳尹,丹阳郡的首府就是建康。

【译文】

许玄度在京都停留了一个月,丹阳尹刘真长没有哪一天不去他那里的,于是叹息说:"你过些天还不离开京城,我就成了不负责的京尹了!"

五

【原文】

孝武在西堂会,伏滔①预坐。还下车呼其儿,语之曰:"百人高会,临坐未得他语,先问:'伏滔何在?在此不?'此故未易得。为人作父如此,何如?"

【注释】

①伏滔:原为桓温参军,后任著作郎,专掌国史,领本州大中正。

【译文】

晋孝武帝在西堂会见群臣,伏滔也在座。他回到家,一下车就叫他儿子来,告诉儿子说:"举行上百人的盛会,皇上莅临就位,还来不及说别的话,就先问:'伏滔在哪里?在这里吗?'这种荣誉本来是不容易得到的。做父亲的能达到这样,你看怎么样?"

六

【原文】

卞范之为丹阳尹,羊孚南州暂还,往卞许,云:"下官疾动①,不堪坐。"卞便开帐拂褥,羊径上大床,入被须枕。卞回坐倾睐②,移晨达莫③。羊去,卞语曰:"我以第一理④期卿,卿莫负我!"

【注释】

①动:发作,这里指药性发作,羊孚也是服五石散的。
②倾睐:注视。
③莫:同"暮"。
④第一理:最高的情理。按,卞范之当时正从桓玄谋反,给羊孚如此礼遇,也是拉拢羊孚,结党营私之意。

【译文】

卞范之担任丹阳尹的时候,羊孚从姑孰暂时回京,前往卞范之家去看望他,说:"我的病发作了,不能坐着。"卞范之就拉开帐子,把褥子掸干净,羊孚径直上了大床,盖上被子,靠着枕头。卞范之返回座位坐着，注视着他，从早晨一直到傍晚。羊孚要走了，卞范之对他说："我期望你坚持最高的情理，你不要辜负了我！"

任诞第二十三

【题解】

任诞,指任性放纵。这是魏晋名士作达生活方式的主要表现。名士们主张言行不必遵守礼法,凭禀性行事,不做作,不受任何拘束,认为这样才能回归自然,才是真正的名士风流。在这种标榜下,许多人以作达为名,实际是以不加节制地纵情享乐为目的。

名士作达的首要表现就是蔑视礼教,不拘礼法。第七则记阮籍说的"礼岂为我辈设也",就道出了这一点。他们不管男女有别、婚丧礼节等,执意我行我素。第七、八则记阮籍不顾"叔嫂不通问"的礼制,与嫂话别;醉后睡在酒家妇旁边。第十一则记阮籍在母丧期间纵酒,以致亲友来吊唁时仍醉态朦胧,裴楷只好无奈地说:"阮方外之人,故不崇礼制。"其次就是不分场合、不分时候地纵酒放荡,不管为官居家,都毫无节制地饮酒。例如第二十八则记周伯仁喝酒"尝经三日不醒。时人谓之'三日仆射'";第十二则记人和猪共喝一瓮酒。他们以为这就是名士风流。第五十三则记王孝伯之言,可说有点睛之妙,他说:"名士不必须奇才,但使常得无事,痛饮酒,熟读《离骚》,便可称名士。"

除此以外,他们要随心所欲,不勉强自己,不限制自己。例如第四十七则记王子猷雪夜忽忆邻县戴安道,立刻乘船去拜访,经一夜才到，可是又及门而返。他说："吾本乘兴而行，兴尽而返，何必见戴。"其余如赌博、抢劫、偷拿别人财物、酒后唱挽歌、言谈不检点等等，都是故意放纵自己的表现。殷洪乔去上佳时替亲友带了百来封信，走到半路，把信全都扔到了江里，声称自己"不能作致书邮"。这纯是一种不负责任的无赖行径，与名士任诞似无甚关系。

任诞的动机，各人或有不同。阮籍不同意自己的儿子"亦欲作达"，可见阮籍有时是不得已而为之，他要借酒浇"胸中垒块"，而他的儿子只是为了追求名士风度，无怪他要反对了。

有的名士借作达以避乱世，有的名士要求在官场中保留一些个性自由，不失人的真性，其任诞言行对于反礼教来说，有一定意义。但多数名士的任诞行为是不可取的。本书分立《任诞》一门，多少可以看出编纂者并不同意这种行为，还是主张以礼法准则来规范人们的社会行动。

一

【原文】

陈留阮籍、谯国嵇康、河内山涛，三人年皆相比，康年少亚之。预此契①者，沛国刘伶、陈留阮咸、河内向秀、琅邪王戎。七人常集于竹林之下，肆意酣畅，故世谓"竹林七贤"。

【注释】

①契：契会，约会。按，"竹林七贤"都是意气相投、纵酒清谈的著名人物。

【译文】

陈留郡阮籍、谯国嵇康、河内郡山涛,这三个人年纪都相近,嵇康的年纪比他们稍微小些。参与这些人聚会的人还有:沛国刘伶、陈留郡阮咸、河内郡向秀、琅邪郡王戎。七个人经常在竹林之下聚会,毫无顾忌地开怀畅饮,所以世人叫他们"竹林七贤"。

二

【原文】

阮籍①遭母丧,在晋文王坐,进酒肉。司隶何曾亦在坐,曰:"明公方以孝治天下,而阮籍以重丧②,显于公坐饮酒食肉,宜流之海外,以正风教。"文王曰:"嗣宗毁顿③如此,君不能共忧之,何谓!且有疾而饮酒食肉,固丧礼也④!"籍饮啖不辍,神色自若。

【注释】

①阮籍:字嗣宗,晋文王司马昭任大将军时,调阮籍任从事中郎,后阮籍求为步兵校尉,放诞不羁,居丧无礼。
②重丧:重大的丧事,指父母之死。
③毁顿:毁指因哀伤过度而损害身体,顿指劳累。
④固丧礼也:按,《礼记·曲礼上》:"居丧之礼……有疾则饮酒食肉,疾止复初。"可见饮酒食肉并不违反丧礼。

【译文】

阮籍在为母亲服丧期间,在晋文王的宴席上饮酒吃肉。司隶校尉何曾也在座,对晋文王说:"您正在用孝道治理天下,可是阮籍身居重丧却公然在您的宴席上喝酒吃肉,应该把他流放到边远地方,以端正风俗教化。"文王说:"嗣宗哀伤劳累到这个样子,您不能和我一道为他担忧,还说什么呢!再说有病而喝酒吃肉,这本来就合乎丧礼啊!"阮籍吃喝不停,神色自若。

三

【原文】

刘伶①病酒②,渴甚,从妇求酒。妇捐③酒毁器,涕泣谏曰:"君饮太过,非摄生④之道,必宜断之!"伶曰:"甚善。我不能自禁,唯当祝鬼神,自誓断之耳。便可具酒肉。"妇曰:"敬闻命。"供酒肉于神前,请伶祝誓。伶跪而祝曰:"天生刘伶,以酒为名;一饮一斛⑤,五斗解酲⑥。妇人之言,慎不可听。"便引酒进肉,隗然⑦已醉矣。

【注释】

①刘伶:字伯伦,"竹林七贤"之一,性好酒,曾作《酒德颂》说:"惟酒是务,焉知其余……无思无虑,其乐陶陶。"

②病酒:饮酒沉醉,醒后困乏如病,叫病酒。病酒要用饮酒来解除,这就是下文说的"解酲"。

③捐:舍弃,倒掉。

④摄生：养生。
⑤一斛：十斗。斗指酒斗，古代的盛酒器。
⑥酲（chéng）：酒醒后神志不清有如患病的状态。
⑦隗（wěi）然：颓然，醉倒的样子。

【译文】

刘伶因饮酒过度而导致身体不适，感到口渴得厉害，就向妻子讨酒喝。妻子把酒倒掉，把装酒的家什也毁了，哭着劝告他说："您喝得太过分了，这不是保养身体的办法，一定要把酒戒掉！"刘伶说："很好。不过我自己不能戒掉，只有在鬼神面前祷告发誓才能戒掉啊。你该赶快准备酒肉。"他妻子说："遵命。"于是把酒肉供在神前，请刘伶祷告、发誓。刘伶跪着祷告说："天生我刘伶，靠喝酒出名；一喝就十斗，五斗除酒病。妇人家的话，千万不要听。"说完就拿过酒肉吃喝，一会儿就又喝得醉倒了。

四

【原文】

刘公荣与人饮酒，杂秽非类①，人或讥之，答曰："胜公荣者，不可不与饮；不如公荣者，亦不可不与饮；是公荣辈②者，又不可不与饮。"故终日共饮而醉。

【注释】

①非类：不是同类的人，这里指身份、门第不同类的人。

②辈：同一类别、等级。

【译文】

刘公荣和别人一起喝酒时，酒友很杂，都不是同一类人。有人因此指责他。他回答说："胜过公荣的人，我不能不和他一起喝；不如公荣的人，我也不能不和他一起喝；和公荣同类的人，更不能不和他一起喝。"所以他整天都和别人共饮而醉倒。

五

【原文】

步兵校尉①缺，厨②中有贮酒数百斛，阮籍乃求为步兵校尉。

【注释】

①步兵校尉：官名。汉代京师置屯兵八校尉，步兵校尉掌管上林苑屯兵。
②厨：指步兵营的厨房，其酒为犒劳军队而酿造。

【译文】

步兵校尉的官职空出来了，阮籍听说步兵营的厨房中储存着几百斛酒，阮籍就请求调去做步兵校尉。

六

【原文】

刘伶恒纵酒放达,或脱衣裸形在屋中,人见讥之,伶曰:"我以天地为栋宇,屋室为裈①衣,诸君何为入我裈中!"

【注释】

①裈(kūn):裤子。

【译文】

刘伶经常不加节制地喝酒,任性放纵,有时在家里赤身露体,有人看见了就责备他。刘伶说:"我把天地当作我的房子,把屋子当作我的衣裤,诸位为什么跑进我裤子里来!"

七

【原文】

阮籍嫂尝还家,籍见与别,或讥之①。籍曰:"礼岂为我辈设也?"

【注释】

①或讥之:按礼制,叔嫂不通问,所以认为阮籍不遵礼法而指责他。

【译文】

阮籍的嫂子有一次回娘家,阮籍与她相见道别。有人责怪阮籍,阮籍说:"礼法难道是为我们这类人制定的吗?"

八

【原文】

阮公邻家妇有美色,当垆酤酒。阮与王安丰常从妇饮酒,阮醉,便眠其妇侧。夫始殊疑之,伺察,终无他意。

【译文】

阮籍邻家的妇女容貌漂亮,在酒庐旁卖酒。阮籍和安丰侯王戎常常到这家主妇那里买酒喝,阮籍喝醉了,就睡在那位主妇身旁。那家的丈夫起初特别怀疑阮籍,探察他的行为,发现他自始至终也没有别的意图。

九

【原文】

阮籍当葬母,蒸一肥豚①,饮酒二斗,然后临诀,直言"穷矣"!都②得一号,因吐血,废③顿良久。

【注释】

①豚：小猪。
②都：总共。
③废：指身体损伤。

【译文】

阮籍在葬母亲的时候，蒸熟一只小肥猪，喝了两斗酒，然后去与母亲遗体诀别，只是叫"完了"！只是极度悲伤地大哭了一声，就吐血，身体损伤，衰弱了很久。

一〇

【原文】

阮仲容①、步兵居道南，诸阮居道北；北阮皆富，南阮贫。七月七日②，北阮盛晒衣，皆纱罗锦绮。仲容家以竿挂大布犊鼻裈③于中庭。人或怪之，答曰："未能免俗，聊复尔耳！"

【注释】

①阮仲容：阮咸，字仲容，是阮籍的侄儿，"竹林七贤"之一。
②"七月"句：旧时风俗，七月七日晒衣裳、书籍，据说这样就不会受虫蛀。
③犊鼻裈：短裤，一说围裙。

【译文】

阮仲容、步兵校尉阮籍居住在路南，其他阮姓住在路北；路北阮家都很富有,路南阮家比较贫穷。七月七日那天,路北阮家大晒衣服,晒的都是华贵的绫罗绸缎;阮仲容却用竹竿挂起一条粗布短裤晒在院子里。有人对他的做法感到奇怪,他回答说:"我还不能免除世俗之情,姑且这样做做罢了!"

——

【原文】
　　阮步兵丧母,裴令公往吊之。阮方醉,散发坐床,箕踞不哭①。裴至,下席于地,哭吊喭②毕,便去。或问裴:"凡吊,主人哭,客乃为礼。阮既不哭,君何为哭?"裴曰:"阮方外之人,故不崇礼制;我辈俗中人,故以仪轨③自居。"时人叹为两得其中。

【注释】
　　①"阮方"句:依丧礼,阮籍坐在坐床上是离了丧位,箕踞而坐,也不合礼法。下文客人席于地,而孝子坐在床上,更是不合礼法。
　　②吊喭:同"吊唁"。
　　③仪轨:指礼法,礼制。

【译文】
　　步兵校尉阮籍母亲死后,中书令裴楷去吊唁。阮籍刚喝醉了,披头散发、伸开两腿坐在坐床上,没有哭。裴楷到后,退下来垫个坐席坐在地上,哭泣尽哀;吊唁完毕,就走了。有人问裴楷:"大凡吊唁之礼,主人哭,客人才行礼。阮籍既不哭,您为什么哭呢?"裴楷说:"阮籍是超脱世俗的人,所以不尊崇礼制;我们这种人是世俗中人,所以自己要遵守礼制准则。"当时的人很赞赏这句话,认为对双方都照顾得很恰当。

一二

【原文】

诸阮皆能饮酒,仲容至宗人①间共集,不复用常杯斟酌②,以大瓮盛酒,围坐,相向大酌。时有群猪来饮,直接去上,便共饮之。

【注释】

①宗人:同一家族的人。
②斟酌:斟酒。

【译文】

阮氏家族的人都能喝酒,阮仲容来到族人当中聚会,就不再用普通的杯子倒酒喝,而用大酒瓮装酒,大家坐成个圆圈,面对面大喝一番。当时有一群猪也来喝酒,他们径直把浮面一层酒舀掉,就又一道喝起来。

一三

【原文】

阮浑①长成,风气韵度似父,亦欲作达。步兵曰:"仲容已预之,卿不得复尔!"

【注释】

①阮浑:字长成,是阮籍的儿子。按,联系下文,这一句的"长成"似长大成人之意。

【译文】

阮浑长大成人了,风格气度很像父亲,也想学做任性放达的事。他父亲阮籍对他说:"仲容已经入了我们这一流了,你不能再这样做了!"

一四

【原文】

裴成公①妇,王戎女。王戎晨往裴许,不通径前。裴从床南下,女从北下,相对作宾主,了无异色。

【注释】

①裴成公:裴颜,字逸民,死后谥为成。

【译文】

裴颜的妻子是王戎的女儿。王戎一天清早到裴颜那里去,不经通报就直接进了内室。裴颜看见他来,从床前下床,他妻子从床后下床,和王戎宾主相对,没有一点儿难为情的样子。

一五

【原文】

阮仲容先幸姑家鲜卑①婢。及居母丧,姑当远移,初云当留婢,既发,定将去。仲容借客驴,著重服②,自追之,累骑③而返,曰:"人种④不可失。"即遥集之母也。

【注释】

①鲜卑:古代住在今东北、内蒙古一带的一个民族。
②重服:最重的孝服,即为父母丧而穿的孝服。
③累骑:重骑,这里指同乘一驴。
④人种:这里指鲜卑婢已怀孕。

【译文】

阮仲容原先宠爱着姑母家那个鲜卑族的婢女。在给母亲守孝期间,他姑母要搬到远处去,起初说要留下这个婢女,起程以后,终于把她带走了。仲容知道了,借了客人的驴,穿着孝服亲自去追她,两个人一起骑着驴回来。仲容说:"人种不能丢掉。"这个婢女就是阮遥集的母亲。

一六

【原文】

任恺①既失权势,不复自检括②。或谓和峤曰:"卿何以坐视元裒败而不救③?"和曰:"元裒如北夏门④,拉攞⑤自欲坏,非一木所能支。"

【注释】

①任恺:字元裒,晋武帝时为侍中,总门下枢要,与掌朝政的贾充不和。贾充既举荐他为吏部尚书,又指使人检举他。结果他被免官,受到冷落和毁谤。
②检括:检束,检点。
③"卿何以"句:和峤在晋武帝时任中书令,得到武帝的器重,又和任恺很亲密,所以有人责备他不救任。
④北夏门:洛阳城北的一座门楼,是最高大雄伟的。这里用来做比喻。
⑤拉攞:断裂。

【译文】

任恺失去权势以后,不再检点约束自己了。有人对和峤说:"你为什么眼看着元裒颓废而不救他呢?"和峤说:"元裒就好比北夏门,本来要毁坏,不是一根木头所能支撑得了的。"

一七

【原文】

刘道真少时,常渔①草泽,善歌啸,闻者莫不留连。有一老妪,识其非常人,甚乐其歌啸,乃杀豚进之。道真食豚尽,了不谢。妪见不饱,又进一豚。食半余半,乃还之。后为吏部郎,妪儿为小令史,道真超用之。不知所由,问母,母告之。于是赍②牛酒诣道真,道真曰:"去,去!无可复用相报。"

【注释】

①渔:捕鱼。
②赍(jī):携带。

【译文】

刘道真年轻时,经常到草泽去打鱼,他擅长用口哨吹小曲,听到的人都被吸引。有一个老妇人,知道他不是一个普通的人,而且很喜欢他的口哨,就杀了只小猪送他吃。道真吃完了小猪,一点儿也不道谢。老妇人看见他还没吃饱,又送上只小猪。刘道真吃了一半,剩下一半,就退回给老妇人。后来担任吏部郎,老妇人的儿子是个职位低下的令史,道真就越级任用他。令史不知道是什么原因,去问母亲,母亲告诉他经过。于是他带上牛肉酒食去拜见道真,道真说:"走吧,走吧!我没有什么可以再用来回报你的了。"

一八

【原文】

阮宣子常步行,以百钱挂杖头,至酒店,便独酣畅。虽当世贵盛,不肯诣也。

【译文】

阮宣子经常徒步外出,拿一百钱挂在手杖上,走到酒店里,就独自开怀畅饮。即使是当时的显要人物,他也不肯登门拜访。

一九

【原文】

山季伦①为荆州,时出酣畅,人为之歌曰:"山公时一醉,径造高阳池②。日莫倒载归,茗艼无所知③。复能乘骏马,倒著白接篱④。举手问葛疆,何如并州儿⑤?"高阳池在襄阳。疆是其爱将,并州人也。

【注释】

①山季伦:山简,字季伦,西晋末年,任都督荆、湘、交、广四州诸军事,镇守襄阳。当时战乱不断,他却悠闲度日,沉迷在酒中。按:豪饮狂乐,行为不检,这是当时士大夫的风气。

②"山公"句：大意是，山简经常径自到高阳池去游玩，一醉方休。高阳池，本名习家池，是汉侍中习郁的养鱼池。是一处游乐胜地。山简每到这里，常大醉而归，曾说"此是我高阳池也"，由此改名高阳池。按，山简这话是以"高阳酒徒"自命。

③"日莫"句：大意是，天晚了，倒卧在车上回家，酩酊大醉，一无所知。茗艼，同"酩酊"，形容大醉。

④"复能"句：大意是，不久又能骑骏马，只是白头巾戴颠倒了。按，这里指酒醒了又能骑马，只是醉态朦胧，连头巾都戴歪了。白接篱，用白鹭身上的长羽毛做装饰的白帽子。

⑤"举手"句：大意是，举起手问葛疆，我和你这个并州儿相比怎么样？并（bīng）州，境约包括今山西大部分和河北、内蒙古的一部分。

【译文】

山简做荆州刺史的时候，经常出游畅饮。人们为他编了一首歌谣："山公时一醉，径造高阳池。日暮倒载归，酩酊无所知。复能乘骏马，倒著白接篱。举手问葛疆，何如并州儿？"高阳池在襄阳县。葛疆是他的爱将，是并州人。

二〇

【原文】

张季鹰①纵任不拘，时人号为"江东步兵②"。或谓之曰："卿乃可③纵适一时，独不为身后名邪？"答曰："使我有身后名，不如即时一杯酒！"

【注释】

①张季鹰：张翰，字季鹰，江东吴郡人，曾任大司马东曹掾，不久弃官。

②江东步兵：步兵，指阮籍。张翰是江东人，所以称他为江东步兵。这里是说他嗜酒放荡，有如步兵校尉阮籍。

③乃可：同"那可"，哪可，岂可。

【译文】

张季鹰任性放诞不羁，当时的人称他为"江东步兵"。有人对他说："你怎么可以放纵、安逸一时，难道不考虑身后的名声吗？"季鹰回答说："与其让我身后有名，还不如现在喝一杯酒！"

二一

【原文】

毕茂世①云："一手持蟹螯②，一手持酒杯，拍浮③酒池中，便足了一生。"

【注释】

①毕茂世：毕卓，字茂世，是个傲世、放任的人，曾任吏部郎，常饮酒废职。

②蟹螯（áo）：螃蟹前面的一对钳子。

③拍浮：击水浮游；游泳。

【译文】

毕茂世说："一只手拿着蟹螯，一只手拿着酒杯，在酒池里游泳,这就足以了结这一辈子了。"

二二

【原文】

贺司空①入洛赴命②,为太孙舍人,经吴阊门③,在船中弹琴。张季鹰本不相识,先在金阊亭,闻弦甚清,下船就贺,因共语,便大相知说。问贺:"卿欲何之?"贺曰:"入洛赴命,正尔进路。"张曰:"吾亦有事北京④。"因路寄载,便与贺同发。初不告家,家追问乃知。

【注释】

①贺司空:贺循,会稽郡山阴县人,死后赠司空。曾任武康县令,后召补太子舍人,才进京。太子死后,其子立为皇太孙,贺循可能转为太孙舍人。
②赴命:前去接受任命。
③阊门:姑苏城门名。
④北京:指洛阳。贺、张二人都是吴人,当时南方人称洛阳为北京。

【译文】

司空贺循到京都洛阳接受皇上的诏命,担任太孙舍人,途经吴地的阊门时,在船上弹琴。张季鹰原本不认识他,这时候正在金阊亭上,听见琴声非常清朗,下船去找贺循,于是就一起谈论起来,结果彼此加深了了解,非常高兴。张季鹰问贺循:"你要到哪里去?"贺循说:"到洛阳去就职,正在赶路。"张季鹰说:"我也有事要到洛阳。"顺路搭船,就和贺循一同上路。他并没有告诉家里,家里追寻起来,才知道这回事。

二三

【原文】

祖车骑①过江时,公私俭薄,无好服玩②。王、庾诸公共就祖,忽见裘袍重叠,珍饰盈列。诸公怪问之,祖曰:"昨夜复南塘③一出④。"祖于时恒自使健儿鼓行⑤劫钞⑥,在事之人亦容而不问。

【注释】

①祖车骑:祖逖,死后赠车骑将军。西晋末过江,任徐州刺史、军谘祭酒,性格放达,不拘小节。常怀收复中原之志,宾客皆勇士,当时扬州闹饥荒,此辈多为盗贼,打劫富户。舆论因此轻视祖逖。而这一则文字说是祖逖派勇士去打劫。

②服玩:服用和玩赏的物品。

③南塘:秦淮河南岸。塘,堤岸。

④一出:一番;一回。

⑤鼓行:击鼓行进,指明目张胆、无所顾忌地做。

⑥劫钞:抢劫。

【译文】

车骑将军祖逖过江到南方时,公库私府都不丰裕,没有什么名贵的服用和玩赏物品。有一次,王导、庾亮等人一起去看望祖逖,忽然看见皮袍一叠一叠的,珍宝服饰排得满满的。王导等人感到很奇怪,就问祖逖,他回答说:"昨天夜里又到南塘走了一趟。"祖逖当时经常亲自派勇士公然去抢劫,主管的人也容忍而不追究他。

二四

【原文】

鸿胪卿孔群①好饮酒。王丞相语云:"卿何为恒饮酒?不见酒家覆瓿②布,日月糜烂③?"群曰:"不尔。不见糟肉④乃更堪久?"群尝书与亲旧:"今年田得七百斛秫米⑤,不了曲糵⑥事。"

【注释】

①孔群:字敬休,东晋时官至御史中丞。按,这里说孔群是鸿肿卿,实是大鸿胪(隋代以后改称鸿胪寺卿),掌管朝祭礼仪等;东晋时有事则临时设置,无事则省。

②瓿(bù):小瓮。

③日月糜烂:《晋书·孔群传》作"日月久糜烂邪",可能对。日月,也可以是一日一月,即指时间短。

④糟肉:用酒或酒糟腌制的肉。

⑤秫(shú)米:黏高粱米。

⑥曲糵(niè):酒曲,这里指用酒曲酿酒。

【译文】

鸿胪卿孔群喜好喝酒。丞相王导对他说:"你为什么经常喝酒?你难道没看见酒店盖酒坛的布,过不了多少时间就腐烂了吗?"孔群说:"不是这样。您难道没看见糟肉,反而更能耐久吗?"孔群曾经给亲友写信说:"今年田地里只收到七百石秫米,不够酿酒用的。"

二五

【原文】

有人讥周仆射①与亲友言戏秽杂无检节。周曰:"吾若万里长江②,何能不千里一曲!"

【注释】

①周仆射:周颛,字伯仁,任尚书左仆射,享有崇高声望。纵酒放荡,蔑视礼法,常醉酒失态。
②"吾若"句:这里以长江的弯曲比喻自己行为的偏差。

【译文】

有人指责尚书左仆射周颛与亲友言谈玩笑,粗野驳杂,失于检点节制,周颛说:"我好像那万里长江,怎么能在千里之间没有一点儿弯曲呢!"

二六

【原文】

温太真①位未高时,屡与扬州、淮中估客樗蒲②,与辄不竟。尝一过,大输物,戏屈,无因得反。与庾亮善,于舫中大唤亮曰:"卿可赎我!"庾即送直③,然后得还。经此数四。

【注释】

①温太真:温峤,字太真,在晋明帝时任中书令,和庾亮有深交。

②樗蒱(chū pú):一种赌博游戏。

③直:同"值",代价,钱。

【译文】

温太真官位还不高的时候,屡次和扬州、淮中的行商赌博,每次都是赌不过人家。有一次,他又去了,大大地输了一笔钱,玩得钱都输光了,没法回去。他和庾亮很友好,就在船上大声招呼庾亮说:"你该来赎我!"庾亮立刻送钱过去,他才能够回来。他多次做过这种事。

二七

【原文】

温公喜慢语,卞令礼法自居。至庾公许,大相剖击。温发口鄙秽,庾公徐曰:"太真终日无鄙言①。"

【注释】

①"太真"句:当时风气以傲慢放纵为达。庾亮这样说,是看重太真的放达。

【译文】

温太真喜欢说些放纵傲慢的话,尚书令卞壸以礼法之士自居。两个人到庾亮那里去,极力互相分辩、反驳。温太真出口之言庸俗、粗鄙,庾亮却慢悠悠他说:"太真整天出言不俗。"

二八

【原文】

周伯仁①风德雅重,深达危乱。过江积年,恒大饮酒,尝经三日不醒。时人谓之"三日仆射"。

【注释】

①周伯仁:据记载,他过江后经常喝醉,只有他姐姐死时醒酒三天,他姑姑死时,醒酒了三天。所以下文有:"三日不醒",其中"不"字疑衍。

【译文】

周伯仁风格德行高尚庄重,深知当时危乱的形势。过江多年,经常豪饮,曾经一连三天不醒。当时的人把他叫作"三日仆射"。

二九

【原文】

卫君长为温公长史,温公甚善之。每率尔提酒脯①就卫,箕踞相对弥日。卫往温许亦尔。

【注释】

①脯:干肉。

【译文】

卫君长任温峤的长史,温峤对他十分亲近。经常随意提着酒肉到卫君长那里去,两个人伸开腿相对坐着,一喝就是一整天。卫君长到温峤那里去时也是这样。

三〇

【原文】

苏峻乱,诸庾逃散。庾冰①时为吴郡,单身奔亡,民吏皆去,唯郡卒独以小船载冰出钱塘口,蘧篨②覆之。时峻赏募觅冰,属所在③搜检甚急。卒舍船市渚,因饮酒醉,还,舞棹向船曰:"何处觅庾吴郡,此中便是!"冰大惶怖,然不敢动。监司④见船小装狭,谓卒狂醉,都不复疑。自送过浙江,寄山阴魏家，得免。后事平，冰欲报卒，适其所愿。卒曰："出自厮⑤下，不愿名器⑥。少苦执鞭⑦，恒患不得快饮酒；使其酒足余年，毕矣，无所复须。"冰为起大舍，市奴婢，使门内有百斛酒，终其身。时谓此卒非唯有智，且亦达生⑧。

【注释】

①庾冰：庾亮的弟弟，曾任吴国内史（即这里说的"为吴郡"）。苏峻叛乱时，曾遣兵攻庾冰，庾冰抵挡不住，弃郡奔会稽。后领兵攻苏峻，直达京都。

②蘧篨（qú chú）：粗席子，用竹子或苇子编成。

③所在：到处，各处。

④监司：负责监察的官员。

⑤厮：杂役。

⑥名器：官爵和车服等标志名位、等级的器物。

⑦执鞭：拿鞭子赶车，泛指为他人服役。

⑧达生：指看透人生的一种达观的处世态度。

【译文】

苏峻发动叛乱时，庾姓兄弟都逃散了。庾冰当时任吴郡内史，单身逃亡，百姓官吏都离开他跑了，只有郡衙里一个差役独自用一只小船装着他逃到钱塘口，用席子遮掩着他。当时苏峻悬赏募集人来搜捕庾冰，要求各处搜查，催得非常紧急。那个差役把船停在市镇码头上走了，后来趁着喝醉了回来，舞着船桨对着船说："还到哪里去找庾吴郡，这里面就是！"庾冰听了，非常恐惧，可是不敢动。监司看见船小舱窄，认为是差役烂醉后胡说，一点儿也不再怀疑。自从送过浙江，寄住在山阴县魏家以后，庾冰才得以脱险。后来平定了叛乱，庾冰想要报答那个差役，满足他的要求。差役说:"我是差役出身,不羡慕那些官爵器物。只是从小就苦于当奴仆,经常发愁不能痛快地喝酒;如果让我这后半辈子能有足够的酒喝,这就行了,不再需要什么了。"庾冰给他修了一所大房子,买来奴婢,让他家里经常有成百石的酒,就这样供养了他一辈子。当时的人认为这个差役不只有智谋,而且对人生也很达观。

三一

【原文】

殷洪乔作豫章郡,临去,都下人因附百许函书。既至石头,悉掷水中,因祝曰:"沉者自沉,浮者自浮,殷洪乔不能作致书邮!"

【译文】

殷洪乔出任豫章太守,将要离开赴任时,京都人士趁便托他带去上百封信。他到了石头城,把信全都扔到江里,接着祷告说:"要沉的自己沉下去,要浮的自己浮起来,我殷洪乔不能做送信的邮差!"

三二

【原文】

王长史[①]、谢仁祖[②]同为王公掾,长史云:"谢掾能作异舞。"谢便起舞，神意甚暇。王公熟视，谓客曰："使人思安丰。"

【注释】

①王长史：王濛。王导任丞相时调他为属官，后转司徒左长史。

②谢仁祖：谢尚，字仁祖，擅长音乐，通晓各种技艺，能作鸲鹆（qú yù）舞（即八哥舞）。性格任性开朗，类似安丰侯王戎，深受王导器重。王导把他比王戎，常呼他为小安丰。

【译文】

长史王濛与谢仁祖同是王导的属官。王濛说："谢掾会跳一种奇特的舞蹈。"谢仁祖就起来跳舞，神情意态非常悠闲。王导仔细地看着他，对客人说："他让人想起王戎。"

三三

【原文】

王、刘共在杭南①，酣宴于桓子野②家。谢镇西往尚书墓还，葬后三日反哭③。诸人欲要之，初遣一信，犹未许，然已停车；重要④，便回驾。诸人门外迎之，把臂便下。裁得脱帻⑤，著帽酣宴。半坐，乃觉未脱衰⑥。

【注释】

①杭南：即航南，朱雀桥南，指乌衣巷。东晋时，王、谢诸名族聚居在这里。

②桓子野：桓伊的小名。
③反哭：古代丧礼仪式，葬后迎死者神主回祖庙，并哭祭。
④要（yāo）：邀请。
⑤帻（zé）：头巾。
⑥衰（cuī）：通"缞"，用粗麻布做的丧服，不缝边的。

【译文】

王濛和刘惔一同在乌衣巷桓子野家里开宴畅饮。这时，镇西将军谢尚从他叔父、尚书谢裒的陵墓回来，他在谢裒安葬后三天奉神主回祖庙哭祭，大家想邀请他来宴饮。开头派个送信人去请，他还没有答应，可是已经把车停下；又去请，便立刻掉转车头来了。大家都到门外去迎接，他就亲亲热热地拉着人家的手下了车。进门后，刚刚来得及脱下头巾，戴上便帽就入座，直到痛饮中途，坐下好一阵子了，才发觉还没有脱掉孝服。

三四

【原文】

桓宣武少家贫，戏大输，债主敦①求甚切，思自振之方，莫知所出。陈郡袁耽②俊迈多能，宣武欲求救于耽。耽时居艰③，恐致疑，试以告焉，应声便许，略无愧吝④。遂变服，怀布帽，随温去与债主戏。耽素有蓺⑤名，债主就局，曰："汝故当不办⑥作袁彦道邪？"遂共戏。十万一掷，直上百万数。投马⑦绝叫⑧，傍若无人。探布帽掷对人曰："汝竟识袁彦道不？"

【注释】

①敦：催促。

②袁耽：字彦道，陈郡阳夏人，年轻时就爽朗不羁，官至司徒从事中郎。

③居艰：居丧，守孝。

④慊（qiàn）吝：不满意而为难。

⑤蓺（yì）：同"艺"，技能，这里指赌博的技巧。

⑥不办：不会。

⑦马：筹码，计数的用具，古代常用于赌博。

⑧绝叫：大叫，以此虚张声势。

【译文】

桓温年轻时家里很贫困，有一次赌博大输，债主催他还债又催得很急。他考虑着自救的办法，可又想不出办法。陈郡的袁耽英俊豪迈，多才多艺，桓温想去向他求救。当时袁耽正在守孝，桓温担心引起疑虑，试着把自己的想法告诉他，他随口就答应了，没有丝毫的不满意和为难。于是换了孝服，把戴的布帽揣起来跟桓温走，去和债主赌博。袁耽赌博的技巧一向出名，债主却不认识他，临开局时说："你想必不会成为袁彦道吧？"便和他一起赌。一次就押十万钱做赌注，一直升到一次百万钱。每掷筹码就大声呼叫，旁若无人。赢够了，他才伸手从怀里摸出布帽来掷向对手说："你到底认识不认识袁彦道？"

三五

【原文】

王光禄云:"酒正使人人自远①。"

【注释】

①自远:疏远自己,忘掉自己。

【译文】

光禄大夫王蕴说:"酒正好能让每个人在醉眼蒙眬中忘掉自己。"

三六

【原文】

刘尹云:"孙承公狂士①,每至一处,赏玩累日,或回至半路却返②。"

【注释】

①狂士:狂放的人。
②却返:返回。

【译文】

丹阳尹刘惔说:"孙承公是个狂放之人,每到一处风景胜地,就一连几天地赏玩,有时已经回到半路又返回去。"

三七

【原文】

袁彦道有二妹:一适殷渊源,一适谢仁祖。语桓宣武云:"恨不更有一人配卿!"

【译文】

袁彦道有两个妹妹:一个嫁给殷渊源,一个嫁给谢仁祖。有一次他对桓温说:"遗憾的是没有另一个妹妹许配给你!"

三八

【原文】

桓车骑在荆州,张玄为侍中,使至江陵,路经阳岐村,俄见一人持半小笼生鱼,径来造船,云:"有鱼欲寄①作脍②。"张乃维舟而纳之。问其姓字,称是刘遗民。张素闻其名,大相忻③待。刘既知张衔命④,问:"谢安、王文度并佳不?"张甚欲话言,刘了无停意。既进脍,便去,云:"向得此鱼,观君船上当有脍具,是故来耳。"于是便去。张乃追至刘家。为设酒,殊不清旨⑤,张高其人,不得已而饮之。方共对饮,刘便先起,云:"今正伐荻⑥,不宜久废。"张亦无以留之。

【注释】

①寄:托付。

②脍:细切的鱼,这里指生鱼片。

③忻(xīn):同"欣"。

④衔命:奉命。按,刘遗民是个隐士,知道张玄是官场中人,就不愿和他深谈了。

⑤清旨:清澈,味美。

⑥荻:芦苇一类的草。

【译文】

车骑将军桓冲任荆州刺史时在江陵镇守,当时张玄担任侍中,奉命到江陵去,坐船路经阳歧村,忽然看见一个人拿着小半筐活鱼,一直走到船旁来,说:"有点儿鱼,想托你们切成生鱼片。"张玄就叫人拴好船让他上来。问他的姓名,他自称是刘遗民。张玄一向听到过他的名声,就非常高兴地接待了他。刘遗民知道张玄是奉命出差以后,问道:"谢安和王文度都好吗?"张玄很想和他谈论一下,刘遗民却完全无意停留。等到把生鱼片拿进来,他就要走,说:"刚才得到这点儿鱼,估计您的船上一定有刀具切鱼,因此才来呢。"于是就走了。张玄就跟着到刘家。刘遗民摆上酒,酒很浊,酒味也很不好,可是张玄敬重他的为人,不得已喝下去。刚和他一起对饮,刘遗民就先站起来,说:"现在正是割荻的时候,不宜停工太久。"张玄也没有办法留住他。

三九

【原文】

王子猷诣郗雍州①,雍州在内,见有氍毹②,云:"阿乞那得此物!"令左右送还家。郗出觅之,王曰:"向有大力者负之而趋。"郗无忤色。

【注释】

①郗雍州:郗恢,字道胤,小名阿乞,曾任雍州刺史。
②氍毹:西域传入的一种羊毛毯。此物当时很少,所以珍贵。

【译文】

王子猷去拜访雍州刺史郗恢,郗恢还在内室,王子猷看见厅上有毛毯,说:"阿乞怎么得到这样的好东西!"便叫随从送回自己家里。郗恢出来寻找毛毯,王子猷说:"刚才有个大力士背着它跑了。"郗恢也没有不满情绪。

四〇

【原文】

谢安始出西,戏,失车牛,便杖策步归。道逢刘尹,语曰:"安石将无伤①!"谢乃同载而归。

【注释】

①伤：指伤气，犹言丧气。

【译文】

谢安当初到建康，外出游玩，丢失了车子和驾车的牛，只好拄着拐棍走回家。半路上碰见丹阳尹刘惔，刘惔说道："安石恐怕丧气了吧！"谢安就搭他的车回去。

四一

【原文】

襄阳罗友①有大韵，少时多谓之痴。尝伺人祠，欲乞食，往太蚤，门未开。主人迎神出见，问以非时何得在此，答曰："闻卿祠，欲乞一顿食耳。"遂隐门侧。至晓得食便退，了无怍容②。为人有记功③，从桓宣武平蜀，按行④蜀城阙⑤观宇，内外道陌⑥广狭，植种果竹多少，皆默记之。后宣武漂洲⑦与简文集，友亦预焉；共道蜀中事，亦有所遗忘，友皆名列，曾无错漏。宣武验以蜀城阙簿，皆如其言，坐者叹服。谢公云："罗友讵减魏阳元⑧！"后为广州刺史，当之镇，刺史桓豁⑨语令莫⑩来宿，答曰："民已有前期，主人贫，或有酒馔之费，见与甚有旧，请别日奉命。"征西密遣人察之，至夕乃往荆州门下书佐家，处之怡然，不异胜达⑪。在益州，语儿云："我有五百人食器。"家中大惊，其由来清，而忽有此物，定是二百五十沓乌樏⑫。

【注释】

①罗友：字宅仁，襄阳人。桓温任荆州刺史时，他任刺史属下的从事。后出任襄阳太守，累迁广州、益州刺史。

②怍（zuò）容：羞愧的脸色。

③记功：记忆力。

④按行：巡视。

⑤城阙：都城。这里指李势所盘踞的成都。

⑥道陌：街道，道路。

⑦漂州：当作"溧州"，因形近而误。《晋书·桓温传》作"洌洲"。按，桓温在晋穆帝时（公元347年）平定蜀地，至哀帝末年（公元365年）简文帝司马昱辅政，会桓温于洌洲，商议征讨事宜，其间将近二十年。

⑧魏阳元：魏舒，字阳元，官至司徒。《晋书·魏舒传》只说他小时聪明，后有德望，没有说及他记忆力强的事。

⑨桓豁：桓温的弟弟，曾任荆州刺史，升为征西将军，都督交、广等州军事。

⑩莫：同"暮"。

⑪胜达：名流和显贵。

⑫二百五十沓乌樏：沓，一沓可供两个人用，所以二百五十沓就是五百人的食器。一沓指一套。乌樏（lěi），有格子的不上油漆的黑食盒，多用于清贫之家。

【译文】

　　襄阳人罗友有特殊的风度，年轻时很多人认为他傻。有一次他知道有户人家要祭神，想去讨点儿酒饭，去得太早了，那家大门还没开。后来那家主人出来迎神，看见他，就问："还不到时候，你怎么能在这里等着？"他回答说："听说你祭神，想讨一顿酒饭罢了。"便闪到门边躲着。到天亮，得了吃食便走了，一点儿也不感到羞愧。他为人处事记忆力强，曾随从桓温平定蜀地，占领成都后，他巡视整个都城，宫殿楼阁的里里外外，道路的宽窄，所种植的果木、竹林的多少，都一一记在心里。后来桓温在洌洲和简文帝举行会议，罗友也参加了；会上一起谈及蜀地的情况，桓温也有所遗忘，这时罗友都能按名目一一列举出来，一点儿也没有错漏。桓温拿蜀地记载都城情况的簿册来验证，都和他说的一样，在座的人都很赞叹佩服。谢安说："罗友哪里比魏阳元差！"后来罗友出任广州刺史，当他要到镇守地赴任的时候，荆州刺史桓豁和他说，让他晚上来往宿，他回答说："我已经先有了约会，那家主人贫困，可是也许会破费钱财置办酒食，他和我有很深的老交情，我不能不赴约，请允许我以后再遵命。"桓豁暗中派人观察他，到了晚上，他竟到荆州刺史的属官书佐家去，在那里（和别人）处得很愉快，和名流显贵没有什么两样。任益州刺史时，罗友对他儿子说："我有五百人的食具。"家里人大吃一惊，他向来清白，却突然有这种用品，原来是二百五十套黑食盒。

四二

【原文】

桓子野每闻清歌①，辄唤"奈何②"！谢公闻之，曰："子野可谓一往有深情。"

【注释】

①清歌：指没有乐器伴奏的唱歌。
②奈何：《古今乐录》说"奈何，曲调之遗音也"，即一人唱，

众人唤"奈何"帮腔相和。

【译文】

桓子野每逢听到别人清歌，总是帮腔呼喊："奈何！"谢安听说后，说："子野可以说是一往情深。"

四三

【原文】

张湛好于斋前种松柏①。时袁山松出游，每好令左右作挽歌②。时人谓"张屋下陈尸，袁道上行殡。"

【注释】

①松柏：一说松柏可制棺材，一说是坟墓旁必栽松柏。
②挽歌：送葬时唱的歌。

【译文】

张湛喜好在房屋前栽种松柏。当时袁山松外出游赏，常常喜欢叫身边的人唱挽歌。人们形容说："张湛是在房前停放尸首，袁山松是在道路上出殡。"

四四

【原文】

罗友作荆州从事，桓宣武为王车骑①集别，友进，坐良久，辞出,宣武曰:"卿向欲咨事,何以便去?"答曰:"友闻白羊肉美,一生未曾得吃,故冒求前耳,无事可咨。今已饱,不复须驻。"了无惭色。

【注释】

①王车骑:指王洽。但《晋书·王洽传》没有说到王洽曾任此职。其子王珣死后曾追赠车骑将军。

【译文】

罗友担任荆州刺史桓温的从事,有一次桓温聚集大家给车骑将军王洽送别,罗友进来,坐了很久,告辞出去。桓温问他:"你刚才像是要商量什么事,为什么就走呢?"罗友回答说:"我听说白羊肉味道很美,一辈子还没有机会吃过,所以冒昧地请求前来罢了,其实没有什么事要商量的。现在已经吃饱了,就没有必要再留下了。"说时,没有一点儿羞愧的样子。

四五

【原文】

张骥①酒后,挽歌甚凄苦。桓车骑曰:"卿非田横②门人,何乃顿尔③至致?"

【注释】

①张骥:张湛,小名骥。
②田横:秦末人,在楚、汉之争中,曾自立为齐王,后来逃亡

至海岛。汉高祖刘邦定天下,田横来投降,未至洛阳,羞惭自杀,随从人员唱挽歌表示哀悼。

③顿尔:突然。

【译文】

张骥酒后唱起了挽歌,唱得非常凄苦。车骑将军桓冲说:"你不是田横的门客,怎么一下就凄苦到了极点?"

四六

【原文】

王子猷尝暂寄人空宅住,便令种竹。或问:"暂住何烦尔!"王啸咏良久,直指竹曰:"何可一日无此君!"

【译文】

王子猷曾经暂时借住在别人的空宅院里,随即叫家人种竹子。有人问他:"只是暂时住,何必这样麻烦!"王子猷吹口哨并吟唱了好一会儿,才指着竹子说:"怎么可以一天没有这位先生!"

四七

【原文】

王子猷居山阴①,夜大雪,眠觉,开室命酌酒。四望②皎然，因起彷徨③，咏左思《招隐诗》④，忽忆戴安道，时戴在剡⑤，即便夜乘小船就之。经宿方至，造门不前而返。人问其故，王曰："吾本乘兴而行，兴尽而返，何必见戴！"

【注释】

①山阴：县名，治今浙江绍兴。按，王子猷弃官东归，住在山阴县。

②四望：眺望四方。

③彷徨：同"徘徊"。

④左思《招隐诗》：左思是西晋时著名诗人，对当时门阀士族专权感到不满。《招隐诗》写寻访隐士和对隐居生活的美慕。

⑤剡：剡县，治今浙江嵊州。有剡溪可通山阴县。

【译文】

王子猷住在山阴县的时候，一天夜里下大雪，他睡觉醒来，打开房门，叫家人拿酒来喝。眺望四方，一片皎洁，于是起身徘徊，朗诵左思的《招隐诗》。忽然想起戴安道，当时戴安道住在剡县，他立即连夜坐小船到戴家去。船行了一夜才到，到了戴家门口，没有进去，就原路返回。别人问他什么原因，王子猷说："我本是趁着一时兴致去的，兴致没有了就回来，为什么一定要见到戴安道呢！"

四八

【原文】

王卫军①云："酒正自引人著胜地。"

【注释】

①王卫军:王荟,任会稽内史,进号镇军将军,死后赠卫将军。

【译文】

卫将军王荟说:"酒正好把人引入一种美妙的境界。"

四九

【原文】

王子猷出都,尚在渚下。旧闻桓子野①善吹笛,而不相识。遇桓于岸上过,王在船中,客有识之者,云是桓子野。王便令人与相闻②,云:"闻君善吹笛,试为我一奏。"桓时已贵显,素闻王名,即便回下车,踞胡床,为作三调。弄③毕,便上车去。客主不交一言。

【注释】

①桓子野:桓伊,小名子野,曾任大司马参军,后任豫州刺史。《晋书》本传说他"善音乐,尽一时之妙,为江左第一"。
②相闻:互通信息。
③弄:演奏。

【译文】

王子猷奉召进京,船还停泊在码头上,没有上岸。过去他曾经听说过桓子野擅长吹笛子,可是与他并不相识。这时正碰上桓子野从岸上经过,王子猷在船中,听到有个认识桓子野的客人说,那是桓子野。王子猷便派人替自己传个话给桓子野,说:"听说您擅长吹笛子,试为我奏一曲。"桓子野当时已经做了大官,一向听到过王子猷的名声,立刻就掉头下车,上船坐在马扎儿上,为王子猷吹了三支曲子。吹奏完毕,就上车走了。宾主双方没有交谈一句话。

五〇

【原文】

桓南郡①被召作太子洗马,船泊荻渚②。王大服散后已小醉,往看桓。桓为设酒,不能冷饮,频语左右令"温酒来!"桓乃流涕呜咽③,王便欲去,桓以手巾掩泪,因谓王曰:"犯我家讳,何预卿事!"王叹曰:"灵宝故自达!"

【注释】

①桓南郡:桓玄,小名灵宝,是桓温的儿子,二十三岁始任太子洗马。

②荻渚:小洲名,近秦淮河。

③"桓乃"句:晋人的习俗,听到已死尊长的名讳必须哭,这是一种礼节。王大叫"温酒",犯了桓温的名讳,所以桓玄要哭。

【译文】

南郡公桓玄应召出任太子洗马,他的船停泊在荻渚。王大服五石散后已经有点醉了,这时前去探望桓玄。桓玄为他安排酒食,他不能喝冷酒,连连告诉随从说:"叫他们温酒来!"桓玄于是低声哭泣，王大就想走。桓玄拿手巾擦着眼泪，随即对王大说："犯了我的家讳，关你什么事！"王大赞叹说："灵宝真是通达！"

五一

【原文】

王孝伯问王大："阮籍①何如司马相如②？"王大曰："阮籍胸中垒块③，故须酒浇之。"

【注释】

①阮籍：为人本有济世志，后纵酒谈玄，不问世事。

②司马相如：字长卿，是汉代著名的辞赋家。《高士传》说他"仕宦不慕高爵，常托疾不与公卿大事。终于家"。

③垒块：比喻胸中郁积的不平之气。按，这两句指阮籍和司马相如相同，只是阮籍喜欢纵酒。

【译文】

王孝伯问王忱："阮籍和司马相如相比怎么样？"王忱说："阮籍心里郁积着不平之气，所以需要借酒浇愁。"

五二

【原文】

王佛大①叹言："三日不饮酒，觉形神不复相亲②。"

【注释】

①王佛大：王忱，字佛大，也叫王大。性嗜酒，一饮连日不醒，结果因喝酒而死。

②"觉形神"句：比喻魂不守舍。

【译文】

王佛大叹息说："三天不喝酒，就觉得身体和精神不再相依附了。"

五三

【原文】

王孝伯①言："名士不必须奇才，但使常得无事，痛饮酒，熟读《离骚》，便可称名士。"

【注释】

①王孝伯：王恭，字孝伯，曾任兖、青二州刺史，读书少，不熟悉用兵。笃信佛教，在东晋末年的战乱中被杀。余嘉锡《世说新语笺疏》中说："此言不必须奇才，但读《离骚》，皆所以自饰其短也。"

【译文】

王孝伯说："做名士不一定需要杰出的才华，只要能经常无事，尽情地喝酒，熟读《离骚》，就可以称为名士。"

五四

【原文】

王长史登茅山,大恸哭曰:"琅邪王伯舆①,终当为情死!"

【注释】

①王伯舆:王廞(xīn),字伯舆,琅邪人,曾任司徒左长史。王恭起兵时,他正逢母丧,王恭任他为吴国内史,令他起兵声援,他即响应,以为可以乘机取富贵,不几天,王恭罢兵,命他离职回去服丧,他大怒,回军讨伐王恭。兵败,不知所在。从这里可以看到他的"情"和他的狂放。

【译文】

长史王伯舆登上茅山,非常伤心地痛哭道:"琅邪王伯舆,最终一定要为情而死!"

简傲第二十四

【题解】

简傲,指高傲,也就是傲慢失礼,是在处理人际关系上表现出来的性格特点。本篇跟上一篇一样,主要也是描写名士风流。

士族阶层享受着各种特权,总是自命不凡,轻视别人。为了维护门阀等级制度,他们常用的一个法宝就是以尊贵骄人。拿王氏一族来说,这是名门望族,其子弟在人前就骄纵得不得了。例如第十六、十七则记王子猷到别人的私家花园去观赏,仍傲视主人,不理会人家,不讲礼貌;第十一、十三则记王子猷对顶头上司也是不爱答理,玩世不恭,对所掌管的事务一问三不知。他们的行为有时近于胡作非为,不近人情。例如第六则记王平子将赴任,名流都来相送,这时他却上树掏鸟窝,"旁若无人"。

其他一些人为了显示自己的名士风度,也是不讲礼貌,举止轻浮。例如第九则记"谢万在兄前,欲起索便器",第十则记其还在官署大厅上直指岳父说:"人言君侯痴,君侯信自痴。"十足显示出一种暴发户的心态。

但是也有傲视权贵的名士,第三则所记的嵇康就是曹魏宗室的女婿,官拜中散大夫,拒绝跟司马氏合作,对司马氏的心腹钟会不以礼相待,且冷语讥讽。这种简傲,实际是对司马氏当权的反抗,表现的是不屈从于权贵的骨气。

一

【原文】

晋文王①功德盛大,坐席②严敬,拟于王者。唯阮籍在坐,箕踞啸歌,酣放自若。

【注释】

①晋文王:司马昭,封为晋公,后又封为晋王,死后谥为文王。阮籍在世时,他只是晋公。

②坐席:座位,这里指满座的人。

【译文】

晋文王功业兴旺,德行高尚,座上客人在他面前都很严肃庄重,把他比拟为王。只有阮籍在座上,伸开两腿坐着,啸咏歌唱,痛饮放纵,不改常态。

二

【原文】

王戎弱冠诣阮籍,时刘公荣在坐。阮谓王曰:"偶有二斗美酒,当与君共饮,彼公荣者无预焉。"二人交觞①酬酢②,公荣遂不得一杯,而言语谈戏,三人无异。或有问之者,阮答曰："胜公荣者，不得不与饮酒；不如公荣者，不可不与饮酒；唯公荣，可不与饮酒③。"

【注释】

①交觞：互相敬酒。觞，酒杯。

②酬酢：宾主互相敬酒。

③"胜公荣"句：是借用刘公荣的话开玩笑。

【译文】

王戎二十岁时有一次去拜访阮籍，当时刘公荣也在座，阮籍对王戎说："碰巧有两斗美酒，该和您一起喝，那个公荣不要参加进来。"两个人频频举杯，互相敬酒，刘公荣始终得不到一杯；可是三个人言谈耍笑，和平常一样。有人问阮籍为什么这样做，阮籍回答说："胜过公荣的人，我不能不和他一起喝酒；比不上公荣的人，又不可不和他一起喝酒；只有公荣这个人，可以不和他一起喝酒。"

三

【原文】

钟士季①精有才理，先不识嵇康，钟要于时贤俊之士，俱往寻康。康方大树下锻，向子期为佐鼓排②。康扬槌不辍，傍若无人，移时不交一言。钟起去，康曰："何所闻而来？何所见而去？"钟曰："闻所闻而来，见所见而去。"

【注释】

①钟士季：即钟会，因访问嵇康受到冷遇，怀恨在心，后借故在司马昭面前诬陷嵇康，嵇康最终被杀害。

②排：风箱。

【译文】

钟士季精明有才思，先前不认识嵇康，他就邀请当时一些才德出众人士一起去寻访嵇康。碰上嵇康正在大树下打铁，向子期打下手拉风箱。嵇康继续挥动铁槌，没有停下，旁若无人，过了好一会儿也不和钟士季说一句话。钟士季起身要走，嵇康才问他："听到了什么才来的？看到了什么才走的？"钟士季说："听到了所听到的才来，看到了所看到的才走。"

四

【原文】

嵇康与吕安善，每一相思，千里命驾①。安后来，值康不在，喜②出户延③之，不入，题门上作"凤"去。喜不觉，犹以为欣。故作。"凤"④字凡鸟⑤也。

【注释】

①"每一"句：《晋书·嵇康传》："东平吕安服康高致，每一相思，辄千里命驾。"

②喜：嵇喜，嵇康的哥哥，曾任扬州刺史。

③延：迎接，邀请。
④凤：繁体字作"鳳"，是由凡、鸟两个字组成的。
⑤凡鸟：比喻平凡的人物。按，吕安轻视权贵，看不起嵇喜这种凡俗之士，所以用这个字来表示轻蔑。

【译文】

嵇康与吕安很友好，每当想念对方时即使相隔再远，也立刻动身前去相会。后来有一次，吕安来到嵇康家，正碰上嵇康不在家，嵇喜出门来邀请他进去，吕安不肯，只在门上题了个"鳳"字就走了。嵇喜没有醒悟过来，还以为吕安是因为高兴才作的字，"鳳"字，就是凡鸟啊。

五

【原文】

陆士衡①初入洛，咨张公②所宜诣，刘道真是其一。陆既往，刘尚在哀制中，性嗜酒③，礼毕，初无他言，唯问："东吴④有长柄壶卢⑤，卿得种来不？"陆兄弟殊失望，乃悔往。

【注释】

①陆士衡：陆机，字士衡，吴人，吴亡后入晋。
②张公：张华，博学多才，德高望重，得到陆机兄弟推重。
③"陆既往"句：刘道真在居丧期间仍嗜酒，这是不守礼法的表现。在魏晋，认为这是简傲、放诞的举动，可是从吴地世家大族出来的陆氏兄弟仍不能赞同这种风气。

④东吴：三国时的吴国，世称东吴；吴地也称东吴。
⑤壶卢：同"葫芦"。

【译文】

陆士衡初到京都洛阳，向张华询问应该去拜访谁，张华认为其中之一就是刘道真。陆氏兄弟前去拜访时，刘道真还在守孝，生性喜欢喝酒；行过见面礼，并没有谈别的话，只是问："东吴有一种长柄葫芦，你带来种子没有？"陆家兄弟俩特别失望，于是后悔去这一趟。

六

【原文】

王平子①出为荆州，王太尉及时贤送者倾路②。时庭中有大树，上有鹊巢，平子脱衣巾，径上树取鹊子，凉衣③拘阂④树枝，便复脱去。得鹊子还下弄，神色自若，傍若无人。

【注释】

①王平子：王澄，是王衍的弟弟。一生放荡不羁，日夜纵酒，穷欢极乐。
②倾路：指满路，比喻全部出动。
③凉衣：汗衫，内衣。
④拘阂：挂着，钩着。

【译文】

王澄要出任荆州刺史，太尉王衍和当代名流全都来送行。当时院子里有一棵大树,树上有个喜鹊窝。王平子脱去上衣和头巾,径直爬上树去掏小喜鹊,汗衫挂住树枝,就再脱掉。掏到了小鹊,又下树来继续玩弄,神态自若,旁若无人。

七

【原文】

高坐①道人于丞相坐,恒偃卧②其侧。见卞令,肃然改容云:"彼是礼法人。"

【注释】

①高坐:和尚名。
②偃卧:仰卧。

【译文】

高坐和尚在丞相王导家做客时,常常是仰卧在王导身旁。见到尚书令卞壶,就神态恭敬端庄,说道:"他是讲究礼法的人。"

八

【原文】

桓宣武作徐州,时谢奕为晋陵,先粗经虚怀①,而乃无异常。及桓迁荆州,将西之间,意气甚笃,奕弗之疑。唯谢虎子②妇王悟其旨，每曰："桓荆州用意殊异，必与晋陵俱西矣。"俄而引奕为司马。奕既上③，犹推布衣交，在温坐，岸帻④啸咏，无异常日。宣武每曰："我方外司马。"遂因酒，转无朝夕礼。⑤桓舍入内，奕辄复随去。后至奕醉，温往主许避之。主⑥曰："君无狂司马，我何由得相见！"

【注释】

①虚怀：谦虚退让。

②谢虎子：谢据，小名虎子，是谢奕的弟弟。

③上：荆州地处长江上游，所以西入荆州叫"上"。

④岸帻（zé）：帻是一种遮住前额的头巾，岸帻就是把帻掀上去露出前额。这里表示神态潇洒。

⑤"遂因"句：《晋书·谢奕传》作"奕每因酒，无复朝廷礼。"指因酒而放纵无礼。朝夕礼，朝见暮见的礼节。

⑥主：指南康公主，她是晋元帝的女儿、桓温的妻子。《晋书·谢奕传》说，谢奕"尝逼温饮，温走入南康主门避之"。

【译文】

桓温任担徐州刺史，这时谢奕任扬州晋陵郡太守，起初两个人在交往中略为留意谦虚退让，而没有不同寻常的交情。到桓温调任荆州刺史，将要西去赴任之际，桓温对谢奕的情意就特别深厚了，谢奕对此也没有什么猜测。只有谢虎子的妻子王氏领会了桓温的意图，常常说："桓荆州用意很特别，一定要和晋陵一起西行了。"不久就任用谢奕做司马。谢奕到荆州以后，还很看重和桓温的老交情，到桓温那里做客，头巾戴得很随便，长啸吟唱，和往常没有什么不同。桓温常说："是我的世外司马。"谢奕终于因为好喝酒，越发违反晋见上级的礼节。桓温如果丢下他走进内室，谢奕总是又跟进去。后来一到谢奕喝醉时，桓温就到公主那里去躲开他。公主说："您如果没有一个放荡的司马，我怎么能够与您相见呢！"

九

【原文】

谢万在兄前①，欲起索便器。于时阮思旷在坐曰："新出门户②，笃而无礼。"

【注释】

①"谢万"句：谢万的哥哥是谢奕、谢安。
②新出门户：谢家在晋代为名门望族，只是兴起未久，所以阮思旷说其是新出的门户，意含轻蔑。门户，门第。

【译文】

谢万在兄长面前，想要起身取便壶。当时阮思旷在座说道："这种新兴的大家族，忠厚诚实却不懂礼节。"

一〇

【原文】

谢中郎①是王蓝田②女婿，尝著白纶巾③，肩舆④径至扬州听事⑤，见王，直言曰："人言君侯痴，君侯信自痴。"蓝田曰："非无此论，但晚令⑥耳。"

【注释】

①谢中郎：谢万，曾任抚军从事中郎，是个喜欢炫耀自己、傲慢无礼的人。

②王蓝田：王述，性格沉静，因到三十岁时还不出名，就有人认为他痴。后来出任扬州刺史。

③纶（guān）巾：用丝带做的头巾。

④肩舆：轿子。

⑤听事：官署的大厅。

⑥晚令：指成名较迟。令，指好名声。王述年轻时不为人所知，后得王导等人的赞扬，才渐知名，所以有"晚令"的说法。

【译文】

从事中郎谢万是蓝田侯王述的女婿，他曾经戴着白头巾，坐着轿子径直到扬州府大厅上见王述，直言不讳地说："人家说君侯你有点傻，君侯确实是傻。"王述说："不是没有这种议论，只是因为成名较迟罢了。"

——

【原文】

王子猷①作桓车骑骑兵参军。桓问曰："卿何署？"答曰："不知何署，时见牵马来，似是马曹②。"桓又问："官有几马？"答曰："不问马③，何由知其数！"又问："马比④死多少?"答曰:"未知生,焉知死!⑤"

【注释】

①王子猷:王徽之,字子猷,行为怪诞,故作超脱。桓冲在此篇督促其料理公事。

②马曹:曹是分科办事的官署。当时没有马曹一名,王子猷为显示自己清高超脱,不管俗事,故意说成马曹。

③不问马:这是引用《论语·乡党》的话,原是说孔子的马棚失火,孔子只问伤了人没有,"不问马"(没有问到马)。

④比:比来,近来。

⑤"未知"句:这是引用《论语·先进》的话,篇中记述孔子的学生子路向孔子问死是怎么回事,孔子回答说:"未知生,焉知死。"(生的道理还不了解,怎么能了解死。)王子猷在此并非用其原意。

【译文】

王子猷任车骑将军桓冲的骑兵参军。一次桓冲问他:"你在哪个官署办公?"他回答说:"不知是什么官署,只是常常见到(有人)牵马进来,好像是马曹。"桓冲又问:"官府里有多少匹马?"他回答说:"我不过问马,怎么知道马的数目呢?"桓冲又问:"近来马死了多少?"他回答说:"活着的还不知道,哪能知道死的!"

一二

【原文】

谢公尝与谢万共出西①,过吴郡,阿万欲相与共萃②王恬③

许，太傅云："恐伊不必酬④汝，意不足尔。"万犹苦要，太傅坚不回⑤，万乃独往。坐少时，王便入门内，谢殊有欣色，以为厚待己。良久，乃沐头散发而出，亦不坐，仍⑥据胡床，在中庭晒头，神气傲迈，了无相酬对意。谢于是乃还，未至船，逆呼太傅。安曰："阿螭不作⑦尔。"

【注释】

①出西：指到京都建康去。谢安、谢万寓居会稽郡，在建康之东，所以到建康叫出西。

②萃：到。

③王恬：字敬豫，小名螭虎（下文作"阿螭"），是王导的儿子，当时任吴郡太守。傲慢放诞，不拘礼法。在晋代，王家是士族，谢家新兴未久，所以下文说到王恬瞧不起谢万而没有礼待他。

④酬：应对。

⑤不回：指不改变想法。

⑥仍：乃，就。

⑦作：做作，假装。按，谢安明知王恬不会接待谢万，如果接待了，就是装假。

【译文】

谢安曾经与谢万一起坐船到京都去，经过吴郡时，谢万想与谢安一同到王恬那里聚会，太傅谢安说："恐怕他不一定理睬你，我看不值得去拜访他。"谢万还是极力邀哥哥一起去，谢安坚决不改变主意，谢万只好一个人去。到王恬家坐了一会儿，王恬就进里面去了，谢万显得非常高兴，以为会优礼相待。过了很久，王恬竟洗完头披着头发出来，也不陪客人坐，就坐在马扎儿上，在院子里晒头发，神情傲慢而放纵，一点儿也没有应酬客人的意思。谢万于是只好回去,还没有回到船上,先就大声喊他哥哥。谢安说:"阿螭不会做作啊。"

一三

【原文】

王子猷作桓车骑参军。桓谓王曰:"卿在府久,比当相料理。"初不答,直高视,以手板拄颊云:"西山①朝来,致有爽气。"

【注释】

①西山:指首阳山。按,这里是借用伯夷、叔齐的故事,周武王伐纣,占有天下,伯夷、叔齐认为这是不仁,义不食周粟,隐居于首阳山,作歌说:"登彼西山兮,采其薇矣。"王子猷以此表示超脱尘世之意。

【译文】

王子猷担任车骑将军桓冲的参军。桓冲对他说:"你到府中已经很久了,近来应当安排事务了。"王子猷并没有回答,只是看着远处,用手板撑着腮帮子说:"西山早晨,很有一股清爽的空气呀。"

一四

【原文】

谢万北征①,常以啸咏自高,未尝抚慰众士。谢公甚器爱万,而审其必败,乃俱行。从容谓万曰:"汝为元帅,宜数唤诸将宴会,以说众心。"万从之。因召集诸将,都无所说,直以如意指四坐云:"诸君皆是劲卒②。"诸将甚忿恨之。谢公欲深著恩信,自队主③将帅以下,无不身造,厚相逊谢。及万事败,军中因欲除之。复云:"当为隐士④。"故幸而得免。

【注释】

①谢万北征:指谢万北征一事。

②劲卒:精锐的兵。《资治通鉴·晋纪》胡三省注:"凡奋身行伍者,以兵与卒为讳;既为将矣,而称之为卒,所以益恨也。"

③队主:一队之主,队长。古代军队的编制是一百人为一队。

④隐士:指谢安。按,谢万北征时,谢安还隐居东山,未曾出来做官,所以能和谢万俱行。谢万被废后,谢安始有出仕志。

【译文】

谢万率兵北伐时,常常以长啸、吟唱表示自己的清高,从来没有安抚慰问过将士。谢安非常喜欢并且看重谢万,却很清楚他一定会失败,就和他一同出征。谢安从容不迫地对谢万说:"你身为主帅,应该常常请将领们来宴饮、聚会,让大家心里高兴。"谢万答应了。于是就召集众将领来,可是什么话也没有说,只是拿如意指着满座的人说:"诸位都是精锐的兵。"全体将领听了更加怨恨他。谢安想对众将领加深显明恩惠、信用,从队长将帅以下,无不亲自登门拜访,非常谦虚,诚恳谢罪。到谢万北伐失败后,军队内部乘机想除掉谢万。后来又说:"应该为隐士着想。"所以谢万能侥幸地免掉一死。

一五

【原文】

王子敬①兄弟见郗公②,蹑履③问讯,甚修外生④礼。及嘉宾死⑤,皆著高屐,仪容轻慢。命坐,皆云:"有事,不暇坐。"既去,郗公慨然曰:"使嘉宾不死,鼠辈敢尔!"

【注释】

①王子敬:即王献之,是郗愔的外甥。
②郗公:即郗愔,原与姐夫王羲之优游岁月,有隐居志;后兼任徐、兖二州刺史,调任会稽内史。一生资望较浅。
③蹑履:穿着鞋子,表示恭敬。
④外生:外甥。
⑤嘉宾:即郗愔的儿子郗超。生前深得征西大将军桓温的信任,权重一时。按,王子敬推重郗嘉宾,所以尊重郗愔。然而嘉宾一死,王就以名门望族骄人,怠慢郗愔了。

【译文】

王子敬兄弟去见郗愔时,都穿着见客的鞋子去问候起居,很遵守外甥做客的礼节。到郗嘉宾死后,去见郗愔时都穿着高底木板鞋,态度轻慢。郗愔叫他们坐,都说:"有事,没时间坐。"他们走后,郗愔感慨地说:"如果嘉宾不死,鼠辈敢这样!"

一六

【原文】

王子猷尝行过吴中,见一士大夫家极有好竹。主已知子猷当往,乃洒扫施设,在厅事坐相待。王肩舆径造竹下,讽啸良久,主已失望,犹冀还当通,遂直欲出门。主人大不堪,便令左右闭门,不听出。王更以此赏主人,乃留坐,尽欢而去。

【译文】

王子猷有一次经过吴中,看见一个士大夫家有个很好的竹园。竹园主人已经知道王子猷会去,就洒扫布置一番,在正厅里坐着等他。王子猷却坐着轿子一直来到竹林里,讽诵长啸了很久,主人已经感到失望,还希望他返回时会派人来通报一下,可他竟然要一直出门去。主人特别忍受不了,就叫手下的人去关上大门,不让他出去。王子猷因此更加赏识主人,这才留步坐下,尽情欢乐了一番才离开。

一七

【原文】

王子敬自会稽经吴,闻顾辟疆[①]有名园,先不识主人,径往其家。值顾方集宾友酣燕[②],而王游历既毕,指麾[③]好恶,傍若无人。顾勃然不堪曰:"傲主人,非礼也;以贵骄人,非道也。失此二者,不足齿之,伧④耳!"便驱其左右出门。王独在舆上,回转顾望,左右移时不至。然后令送著门外,怡然不屑。

【注释】

①顾辟疆:吴郡人,他的花园,可谓池馆林泉之盛,号吴中第一。

②酣燕:通"酣宴"。

③指麾:同"指挥",指点。

④伧:吴人称中州人为伧,含鄙薄义。

【译文】

王子敬从会稽郡经过吴郡,听说顾辟疆有座名园,原先并不认识这家名园的主人,还是径直到人家府上去。碰上顾辟疆正和宾客朋友设宴畅饮,可是王子敬游遍了整个花园后,在那里指指点点地评论这座园林的优缺点,旁若无人。顾辟疆气得脸色都变了,忍受不住,说道:"对主人傲慢,这是失礼;靠地位高贵来傲视别人,这是无理。失去了这两方面,这种人是不值得一提的伧夫罢了!"就把他的随从赶出门去。王子敬独自坐在轿子里,左顾右盼,随从很久也不来。然后顾辟疆叫人把他送到门外,对他坦然自若,置之不理。

排调第二十五

【题解】

排调，指戏弄嘲笑。本篇记载了许多有关排调的小故事，其中包括嘲笑、戏弄、讽刺、反击、劝告，也有亲友间开玩笑的小故事。从里面可以看出当时人士在交往中讲究机智、善于应付，要求做到语言简练有味、机变有锋、大方得体、击中要害等，这也是魏晋风度的重要内容。下面略谈其中几点。

在言谈中，对方经常会提出问题，有善意的，有不怀好意的，也有不易捉摸其用意的，应对的人就要审时度势，确定说话的角度，选择言辞，做到针对性强，又无懈可击。例如第二十九则记王濛、刘惔二人不尊重蔡谟，又要蔡谟评价一下自己和王衍的高下："蔡答曰：'身不如夷甫。'王、刘相目而笑曰：'公何处不如？'答曰：'夷甫无君辈客。'"这一回答看似平淡而词锋犀利，使王、刘二人正自以为得计时却发现已经引火烧身，一下子处于尴尬的境地。又如第十八则记："王丞相枕周伯仁膝，指其腹曰：'卿此中何所有？'答曰：'此中空洞无物，然容卿辈数百人。'"问的人借开玩笑讥讽周腹中空无所有，回答的人就借"空洞无物"表明自己胸怀宽阔，大肚能容，这种回答就很有韵味。

有一些事例只是亲友间为了活跃气氛，使谈话生动滑稽，而在言谈间增加了一些诙谐成分。例如第五十九则有："顾长康啖甘蔗，先食尾。人问所以，云：'渐至佳境。'"这一回答很有哲理性，耐人寻味。有的只是开开玩笑，例如第四十六则记王文度和范荣期到简文帝处，二人互相让对方走在前面，结果"王遂在范后，王因谓曰：'簸之扬之，糠秕在前。'范曰：'洮之汰之，沙砾在后。'"这里不过是因两个人一前一后而分别借簸粮食和淘米的事例互相取笑而已。又如第十二则记："诸葛令、王丞相共争姓族先后。王曰：'何不言葛、王而云王、葛？'令曰：'譬言驴马，不言马驴，驴宁胜马邪？'"王导所提出表面上看是个次序问题，实质是争族姓的高低，诸葛令如果不机警或措辞不当，就会输人一筹，而以"驴马"的次序来回击对方，就很有讽刺意味。

也有一些近乎恶意攻击的排调定要认真对付，例如故意犯讳就是这样。古人注重避家讳，如果有意说出对方尊亲的名字，必然受到反击，这类排调，除了直呼对方父祖名字外，主要是利用词藻，或者引用古籍、成语、典故，或者应用现成的词语，以点出对方的家讳，做到针锋相对，锋芒逼人。

一

【原文】

诸葛瑾为豫州，遣别驾①到台②，语云："小儿知谈，卿可与语。"连往诣恪③，恪不与相见。后于张辅吴④坐中相遇，别驾唤恪："咄咄郎君⑤！"恪因嘲之曰："豫州乱矣，何咄咄之有？"答曰："君明臣贤，未闻其乱。"恪曰："昔唐尧⑥在上，四凶⑦在下。"答曰："非唯四凶，亦有丹朱⑧。"于是一坐大笑。

【注释】

①别驾：官名。
②台：中央机关的官署。
③恪：诸葛恪，字元逊，诸葛瑾的长子，年轻时就有才名，善辩论应机，在吴国官至太傅，为孙峻所害。
④张辅吴：张昭，字子布，在吴国任辅吴将军。
⑤郎君：尊称贵公子或上司的子弟为郎君。
⑥唐尧：传说是远古的贤明君主。
⑦四凶：指四个凶暴的人，即尧时的浑敦、穷奇、梼杌、饕餮(tāo tiè)，是四个部族的首领。一说指舜时的共工、骧兜、三苗、鲧。
⑧丹朱：尧的儿子，名朱，因居丹水而得名，为人傲慢。

【译文】

诸葛瑾担任豫州牧的时候，派遣别驾到朝廷去，并告诉他说："我的儿子善于言谈，你可以与他聊聊。"别驾接连去拜访诸葛恪，诸葛恪都不和他见面。后来在辅吴将军张昭家中做客时相遇，别驾招呼诸葛恪："哎呀呀，公子！"诸葛恪于是嘲笑他说："豫州出乱子了，有什么好惊叹的？"别驾回答说："君主圣明，臣子贤良，没有听说那里出了乱子。"诸葛恪说："古时上面虽有唐尧，下面仍有四凶。"别驾回答说："不仅有四凶，也有丹朱。"于是满座的人都大笑起来。

二

【原文】

晋文帝与二陈共车，过唤钟会同载，即驶车委去。比出，已远。既至，因嘲之曰："与人期行，何以迟迟？望卿遥遥①不至。"会答曰："矫然②懿实③，何必同群？"帝复问会："皋繇④何如人？"答曰："上不及尧、舜，下不逮周、孔，亦一时之懿士⑤。"

【注释】

①遥遥：形容时间长久。按，因为钟会的父亲名繇，而"繇"和"遥"同音，所以用"遥遥"来戏弄钟会。

②矫然：形容高超出众。

③懿实：指有美德实才的人。懿，指美好。按，陈骞的父亲名陈矫，晋文帝的父亲是司马懿，陈泰的父亲名陈群，祖父名陈寔（音"实"）。钟会在回答时或者直用其名，或者用同音字，以此来报复他们三人。

④皋繇：舜时的法官。按，"繇"和钟会父亲的名字同字同音。

⑤懿士：有懿德（美德）的人。

【译文】

晋文帝与陈骞、陈泰同乘一辆车，当车子经过钟会家门口时，招呼钟会出来一同乘车，还没等他出来，就丢下他驾车离开了。等他出来，车子已经走远了。他赶到以后，晋文帝借机嘲笑他说："和别人约定时间一起走，你为什么迟迟不出来？大家盼着你，你却遥遥无期。"钟会回答说："懿德、实才矫然的人，为什么定要和大家合群！"文帝又问钟会："皋繇是怎样一个人？"钟会回答说："比上不如尧舜，比下不如周公和孔子，但也是当时的一位懿士。"

三

【原文】

钟毓①为黄门郎,有机警,在景王②坐燕饮。时陈群子玄伯③、武周子元夏同在坐,共嘲毓。景王曰:"皋繇何如人?"对曰:"古之懿士。"顾谓玄伯、元夏曰:"君子周而不比,群而不党④。"

【注释】

①钟毓:是钟会的哥哥。
②景王:司马懿的儿子司马师。晋国建立,追尊为景王。
③玄伯:即前面的陈泰,字玄伯。
④"君子"两句:"君子周而不比"一句引自《论语·为政》,意指君子团结,却不互相勾结。"群而不党"一句引自《论语·卫灵公》,意指合群而不互相袒护。按,这两句中的"周""群"和武周、陈群的名字相同,语意双关。

【译文】

钟毓担任黄门侍郎,为人机灵敏锐。一次在晋景王司马师的坐席上饮酒。当时陈群的儿子玄伯、武周的儿子元夏一同在座,他们一起嘲笑钟毓。景王问:"皋繇是怎样的一个人?"钟毓回答说:"是古代的懿德之士。"又回过头对玄伯、元夏说:"君子周而不比,讲诚信,合群共处而不结党营私。"

四

【原文】

嵇、阮、山、刘在竹林酣饮,王戎后往,步兵曰:"俗物①已复来败人意②!"王笑曰:"卿辈意亦复可败邪?"

【注释】

①俗物:魏晋时名士以脱离世务为清高,常以俗物骂那些和自己不相合的人。

②败人意:败坏人意,犹言扫兴、败兴。

【译文】

嵇康、阮籍、山涛、刘伶在竹林中畅快地饮酒,王戎后到,步兵校尉阮籍说:"这个俗人又来败坏人家的意兴!"王戎笑着说:"你们的意兴也能败坏吗?"

五

【原文】

晋武帝问孙皓①:"闻南人好作《尔汝歌》②,颇能为不?"皓正饮酒,因举觞劝帝而言曰:"昔与汝为邻,今与汝为臣。上汝一杯酒。令汝寿万春③!"帝悔之。

【注释】

①孙皓：三国时吴国的最后一个君主。晋武帝派兵南下攻陷建业，孙皓投降。

②《尔汝歌》：晋时民歌。按，用"尔汝"称呼对方是失礼的，更何况君臣之间。晋武帝让降臣以"尔汝"称呼自己，是自取羞辱，故后悔。尔、汝相当于"你"。

③寿万春：寿万年，长寿。

【译文】

晋武帝问孙皓："听说南方人喜欢唱《尔汝歌》，你还能唱吗？"孙皓正在喝酒，于是举杯向武帝劝酒，并且作歌道："从前和你是近邻，现在给你做小臣。奉献给你一杯酒，祝你寿长享万春。"武帝听了这件事很后悔。

六

【原文】

孙子荆年少时欲隐，语王武子："当枕石漱流①。"误曰："漱石枕流。"王曰："流可枕，石可漱乎？"孙曰："所以枕流，欲洗其耳②；所以漱石，欲砺其齿。"

【注释】

①枕石漱流：比喻隐居山林。枕石，用石做枕。漱流，用流水来漱口。

②洗耳：比喻不愿意过问世事。传说尧想召隐士许由为九州长，许由认为听这件事听脏了自己的耳朵，就到河里洗耳。

【译文】

孙子荆年轻时想要隐居，告诉王武子说："应当去枕石漱流。"但说成"漱石枕流"。王武子说："流水可以枕头，石头可以漱口吗？"孙子荆说："头枕流水的原因是想洗干净自己的耳朵，用石头漱口的原因是想要磨炼自己的牙齿。"

七

【原文】

头责秦子羽①云："子曾不如太原温颙，颍川荀寓，范阳张华，士卿②刘许，义阳邹湛，河南郑诩。此数子者，或謇吃③无宫商④，或尫陋⑤希⑥言语，或淹伊⑦多姿态，或谨哗⑧少智谞⑨，或口如含胶饴⑩，或头如巾韲杵⑪。而犹以文采可观，意思⑫详序⑬，攀龙附凤⑭，并登天府⑮。"

【注释】

①头责秦子羽：按，《张敏集》载《头责子羽文》，其内容是假托为子羽的头颅来谴责子羽。

②士卿：即宗正卿，为九卿之一，掌管皇族事务。按，刘许和张华同为范阳人，所以省去籍贯。

③謇（jiǎn）吃：口吃。

④无宫商：指说话没有抑扬顿挫，没有音乐美。宫商是五音宫商角徵羽中的两个音，泛指音乐。

⑤尫陋：瘦弱丑陋。
⑥希：同"稀"，少。
⑦淹伊：矫揉造作。
⑧謹哗：同"喧哗"。
⑨智谞（xū）：才智。
⑩胶饴：像胶一样黏稠的糖浆。
⑪巾箦杵：用头巾包着捣物的棒槌，用来比喻头小而尖。箦（jī），是调味用的姜、蒜等碎末儿。
⑫意思：思想内容。
⑬详序：完备而有条理。
⑭攀龙附凤：原指依附帝王以建立功业，后来也用来比喻趋炎附势。
⑮天府：比喻朝廷。

【译文】

秦子羽的头谴责秦子羽说："你竟比不上太原的温颙，颍川的荀㝢，范阳的张华，士卿刘许，义阳的邹湛，河南的郑诩。这几个人，有的口吃，语不成调；有的瘦弱丑陋，寡言少语；有的矫揉造作，忸怩作态；有的吵吵嚷嚷，缺少智谋；有的口像含着胶质糖浆；有的头像包着头巾的棒槌。然而，他们还是因为文辞值得观赏，思想周备而有条理，很会趋炎附势，故都登上了朝廷的高位。"

八

【原文】

王浑与妇钟氏共坐，见武子①从庭过，浑欣然谓妇曰：

"生儿如此,足慰人意。"妇笑曰:"若使新妇得配参军②,生儿故可不啻③如此。"

【注释】

①武子:王济,字武子,王浑的儿子。
②参军:王沦,字太冲,王浑的弟弟,曾为晋文王大将军参军。
③不啻:不止。

【译文】

王浑与妻子钟氏在一起坐着,看见儿子王济从院中走过,王浑高兴地对妻子说:"生个这样的儿子,足够令人宽慰如意的了。"他的妻子笑着说:"如果我能婚配给参军,生的儿子本来可以不止是这样的。"

九

【原文】

荀鸣鹤、陆士龙二人未相识,俱会张茂先坐。张令共语,以其并有大才,可勿作常语,陆举手曰:"云间陆士龙。①"荀答曰:"日下荀鸣鹤②。"陆曰:"既开青云睹白雉③,何不张尔弓,布尔矢?"荀答曰:"本谓云龙騤騤④,定是山鹿野麋⑤;兽弱弩强,是以发迟。"张乃抚掌大笑。

【注释】

①"云间"句:陆士龙,名云,字士龙,吴郡人。祖父陆逊,

是吴国丞相,封华亭侯,以后就世居华亭。华亭,古名云间,据说是因陆云此言而得名,在上海市松江区。其次,云中之龙,既切陆云的名和字,也是暗喻其高。

② "日下"句:日下指京都。荀鸣鹤,颍川人。在晋代,颍川郡首府在今河南许昌,和京都洛阳靠近,所以荀鸣鹤说是日下人。日下的字面义指太阳之下。其次,日下之鹤,既切荀姓(荀字从日),也是用来暗喻其高。

③ "既开"句:这句话针对荀鸣鹤的名字,暗指射鹤。白雉,鸟名,像野鸡而色白,暗指荀不是鹤。

④ "本渭"句:这句暗指陆士龙并不是龙。骙骙(kuí kuí),形容马强壮。

⑤ 麋(mí):驼鹿。

【译文】

荀鸣鹤、陆士龙二人原本互不相识,他们在张茂先家中做客时碰见了。张茂先让他们一起谈一谈,而且因为他们都有很高的才学,让他们不要说平常的俗话。陆士龙拱手说:"我是云间陆士龙。"荀鸣鹤回答说:"我是日下荀鸣鹤。"陆士龙说:"已经拨开云彩现青天,看见了白雉,为什么不张开你的弓,搭上你的箭?"荀鸣鹤回答说:"我本来以为是威武的云龙,可原来是山野麋鹿;兽弱而弓强,因此迟迟不敢放箭。"张茂先听了就拍手大笑。

一〇

【原文】

陆太尉诣王丞相,王公食以酪。陆还,遂病。明日,与王笺①云："昨食酪小过，通夜委顿②。民虽吴人，几为伧鬼③。"

【注释】

①笺：一种文体，写给尊贵者的信。
②委顿：萎靡疲困。
③伧鬼：鄙夷之称。因为南方人不食酪，所以这样说。

【译文】

太尉陆玩去拜访丞相王导，王导拿出奶酪招待他。陆玩回家后，就病倒了。第二天，他给王导写信说："昨天吃奶酪稍微吃多了，整夜精神不振，疲困不堪。小民虽然是吴人，却几乎成了北方的死鬼。"

——

【原文】

元帝皇子生，普赐群臣。殷洪乔谢曰："皇子诞育，普天同庆。臣无勋焉，而猥①颁厚赉②。"中宗③笑曰："此事岂可使卿有勋邪！"

【注释】

①猥（wěi）：谦词，表示谦卑。
②赉（lài）：赏赐。
③中宗：晋元帝死后的庙号。

【译文】

晋元帝的皇子出生后,普遍赏赐群臣。殷洪乔谢恩时说:"皇子诞生,普天下共同庆贺。臣下没有功劳,却辱蒙重赏。"元帝笑着说:"这事难道能让你有功劳吗!"

一二

【原文】

诸葛令、王丞相共争姓族先后①。王曰:"何不言葛②、王,而云王、葛?"令曰:"譬言驴马,不言马驴,驴宁胜马邪?"

【注释】

①"诸葛令"句:这里说二人按习惯说法来争辩姓氏的先后顺序,以别高低。余嘉锡《世说新语笺疏》说:凡两字连续而有平仄声的不同,总是平声字在前,仄声字在后。姓族,姓氏家族。

②葛:诸葛氏原为葛氏,后称诸葛。

【译文】

尚书令诸葛恢与丞相王导两个人一起争论姓氏家族的先后。王导说:"为什么不说葛、王,而说王、葛?"诸葛恢说:"譬如说驴马,不说马驴,驴难道胜过马了吗!"

一三

【原文】

刘真长始见王丞相,时盛暑之月,丞相以腹熨①弹棋局②,曰:"何乃渹③!"刘既出,人问:"见王公云何?"刘曰:"未见他异,唯闻作吴语耳。"

【注释】

①熨:压,紧贴。
②弹棋局:弹棋的棋盘。
③渹(qìng):冰凉。这是吴地方言。

【译文】

刘真长初见丞相王导时,当时是最热的月份,丞相把肚子贴在弹棋盘上,说:"怎么这么凉啊!"刘真长告辞出来以后,有人问他见到王导,看法怎么样,刘真长说:"没有见到其他特别的地方,只是听到他说吴语罢了。"

一四

【原文】

王公与朝士①共饮酒,举琉璃碗谓伯仁曰:"此碗腹殊空②，谓之宝器，何邪？"答曰："此碗英英③，诚为清彻，所以为宝耳。"

【注释】

①朝士：周代官名，后泛称朝廷官吏。

②"此碗"句：王导以碗比喻伯仁，嘲笑他无能，腹中空洞无物。

③英英：明亮的样子。

【译文】

王导与朝廷中的官员一起喝酒，他举起琉璃碗对周颢说："这个碗中间空空，却称它是宝器，为什么呢？"周颢回答说："这个碗亮晶晶的，确实晶莹澄澈，这就是它成为宝器的原因啊。"

一五

【原文】

谢幼舆①谓周侯曰："卿类社树②，远望之，峨峨③拂青天；就而视之，其根则群狐所托，下聚溷而已。"答曰："枝条拂青天，不以为高；群狐乱其下，不以为浊。聚溷④之秽，卿之所保，何足自称！"

【注释】

①谢幼舆：谢鲲，字幼舆，喜欢玄学，任达不拘，曾任豫章太

守,后任王敦长史。《晋书·谢鲲传》载:"鲲不徇功名,无砥砺行,居身于可否之间,虽自处若秽,而动不累高。"

②社树:社坛周围的树。

③峨峨:形容高峻。

④聚溷(hùn):聚集污秽。

【译文】

谢幼舆对武城侯周颛说:"你像社庙里的树,远远望去,高耸云霄;靠近去看,它的根部却是群狐聚居的地方,下面堆积着污秽的东西罢了。"周颛回答说:"树枝擦着青天,我不认为高;群狐在它根部捣乱,也不认为混乱。至于藏垢纳污这种丑恶的事,是你所占有的,哪里值得自夸呢!"

一六

【原文】

王长豫①幼便和令②,丞相爱恣③甚笃,每共围棋,丞相欲举行,长豫按指不听。丞相笑曰:"讵得尔,相与似有瓜葛④。"

【注释】

①王长豫:王悦,字长豫,是丞相王导的儿子。

②和令:温顺善良。

③爱恣:溺爱。

④瓜葛:瓜、葛都是蔓生植物,比喻有一定牵连、关系。

【译文】

王长豫小时候就很温和乖巧,丞相王导非常宠爱他。每次和他一起下围棋,王导要动子走棋,长豫却按着王导的指头不让他动。王导笑着说:"你怎么能这样做,我们相互间好像还有点关系吧!"

一七

【原文】

明帝问周伯仁:"真长何如人?"答曰:"故是千斤犗特①。"王公笑其言。伯仁曰:"不如卷角牸,有盘辟之好②。"

【注释】

①犗(jiè)特:阉割过的公牛。指能任重致远。
②"不如"句:这是嘲笑王导的,暗示王导是卷角牸,嘲笑他老年无所作为,但能让骑牛的人满意。卷角牸,指卷角母牛。牛老了就卷角,不能快走。盘辟,盘旋进退。

【译文】

晋明帝问周颢:"真长这人怎么样?"周颢回答说:"自然是个千斤重的阉公牛。"王导嘲笑他说的话。周颢说:"当然比不上卷角老母牛,能好好地盘旋进退。"

一八

【原文】

王丞相枕周伯仁膝,指其腹曰:"卿此中何所有?"答曰:"此中空洞无物,然容卿辈数百人。"

【译文】

丞相王导头枕在周𫖮的腿上,用手指着他的肚子说:"你这里有什么东西?"周𫖮回答说:"这里空空荡荡,什么东西也没有,可是能容纳下几百个像你这样的人。"

一九

【原文】

干宝①向刘真长叙其《搜神记》,刘曰:"卿可谓鬼之董狐②。"

【注释】

①干宝:字令升,博学多才,曾任散骑常侍。著《搜神记》,这是六朝志怪小说的代表作,所记多神怪灵异之事,其中保存了很多神话传说和民间故事。

②董狐:春秋时晋国太史,敢于坚持史官的记事原则,素有"古之良史"之称。

【译文】

干宝向刘真长叙说他的《搜神记》,刘真长说:"你可称得上是记鬼神的董狐。"

二〇

【原文】

许文思往顾和许,顾先在帐中眠,许至,便径就床角枕①共语。既而唤顾共行,顾乃命左右取桁②上新衣,易己体上所著。许笑曰:"卿乃复有行来衣③乎?"

【注释】

①角枕:用兽角做装饰的枕头。
②桁:同"桁",衣架。
③行来衣:出门所穿的体面衣服。

【译文】

许文思到顾和的住处去,顾和已在帐子里睡觉,许文思来到,就径直上床靠着角枕与顾和一起说话。不久又招呼顾和一道走,顾和便叫随从去拿衣架上的新衣,换下自己身上的衣服,许文思笑着说:"你竟然还有出门穿的衣服吗?"

二一

【原文】

康僧渊①目深而鼻高,王丞相每调之。僧渊曰:"鼻者,面之山;目者,面之渊。山不高则不灵,渊不深则不清。"

【注释】

①康僧渊:西域僧人。

【译文】

康僧渊眼睛深陷,鼻梁高耸,丞相王导常常为此嘲笑他。僧渊说:"鼻子是脸上的山,眼睛是脸上的深潭。山不高,就没有神灵;潭不深,就不会清澈。"

二二

【原文】

何次道往瓦官寺①,礼拜②甚勤,阮思旷语之曰:"卿志大宇宙,勇迈终古。"何曰:"卿今日何故忽见推?"阮曰:"我图数千户郡,尚不能得;卿乃图作佛,不亦大乎?"

【注释】

①瓦官寺:佛寺名,亦名瓦棺寺,在故金陵凤凰台。
②礼拜:向神佛行礼。

【译文】

何次道经常去瓦官寺拜佛,顶礼拜佛非常虔诚。阮思旷对他说:"你的志向比宇宙还大,你的勇气超过了古人。"何次道说:"你今天为什么忽然推重起我来?"阮思旷说:"我谋求几千户的小郡郡守之职,尚且得不到;你却希图成佛,这个志向不也是很大吗?"

二三

【原文】

庾征西大举征胡①,既成行②,止镇襄阳。殷豫章与书,送一折角③如意以调之。庾答书曰:"得所致,虽是败物,犹欲理而用之。"

【注释】

①"庾征西"句:庾翼原为荆州刺史,镇守武昌,在晋康帝建元元年(公元343年)率众北伐,驻扎于襄阳,这时升为征西将军。到第二年,康帝和哥哥庾冰死,庾翼也没有多少战功,便还镇夏口。
②成行:指军队已经出发。
③折角:指如意的一角折断了,有残缺;也比喻折损人家的傲慢。这里用折角如意,有双关义。

【译文】

征西将军庾翼大举征伐胡人,军队出发以后,驻扎镇守在襄阳。豫章太守殷羡给他写信,并送他一个破损了一角的如意来戏弄他。庾翼回信说："收到你送来的礼物，虽然是破损了的东西，但我还是想要修理好了使用它。"

二四

【原文】

桓大司马乘雪欲猎，先过王、刘诸人许。真长见其装束单急①，问："老贼②欲持此何作？"桓曰："我若不为此③，卿辈亦那得坐谈？"

【注释】

①单急：单薄、紧窄。
②老贼：朋友间的戏称。
③"我若"句：桓温穿的是戎装，所以这样说。

【译文】

大司马桓温趁着下雪天想去打猎，先去探望王仲祖、刘真长等人。刘真长看见他的装束单薄紧窄，问道："老家伙穿着这身衣服要干什么？"桓温说："我如果不穿这种衣服，你们这班人又哪能闲坐清谈？"

二五

【原文】

褚季野问孙盛①："卿国史何当②成？"孙云："久应竟，在公无暇，故至今日。"褚曰："古人'述而不作'③，何必在蚕室中④！"

【注释】

①孙盛：孙盛在东晋时代历任参军、廷尉正、秘书监。好学不倦，著《晋阳秋》，词直而理正，被赞为良史。后面说的"国史"，即指《晋阳秋》。

②何当：何时。

③"古人"句："述而不作"是孔子说的，意指传述而不创作。语出《论语·述而》。

④"何必"句：指司马迁受宫刑写《史记》一事。司马迁因李陵事件被判宫刑，刚受过宫刑的人畏风寒，要居于蚕室中调养，蚕室是执行宫刑和受宫刑者所居的狱室。此后司马迁忍辱负重，完成了《史记》。这句是讥讽孙盛"在公无暇"一语。

【译文】

褚季野问孙盛："你著的国史什么时候能够完成？"孙盛回答说："早就应该完成了。由于公务在身没有闲暇时间，所以拖到现在。"褚季野说："古人只是'传述前人之言，而不创作'，你为什么一定要在蚕室中才能完成呢！"

二六

【原文】

谢公在东山，朝命屡降而不动。后出为桓宣武司马，将发新亭，朝士咸出瞻送。高灵①时为中丞②，亦往相祖③。先时多少饮酒，因倚如醉，戏曰："卿屡违朝旨，高卧东山，诸人每相与言：'安石不肯出，将如苍生何？'今亦苍生将如卿何？"谢笑而不答。

【注释】

①高灵：高崧，小名阿酃，并非"灵"字。
②中丞：御史台长官，掌管公卿奏事、察举非法等事。
③祖：饯行的隆重仪式。

【译文】

谢安在东山隐居，朝廷屡次下令征召他出山为官，他都不为所动。后来出任桓温手下的司马，将要从新亭出发，朝中官员都到来看望送行。高灵当时任中丞，也前去给他饯行。在这之前，高灵已经多多少少喝了些酒，于是就借着这点儿酒像喝醉了一样，开玩笑说："你多次违抗朝廷的旨意，在东山高枕无忧地躺着，大家常常一起交谈说：'安石不肯出来做官，对老百姓打算怎么办呢？'现在百姓对你又打算怎么看呢？"谢安笑着不回答。

二七

【原文】

初，谢安在东山居，布衣，时兄弟已有富贵者，翕集①家门②，倾动③人物。刘夫人戏谓安曰："大丈夫不当如此乎？"谢乃捉鼻曰："但恐不免耳④。"

【注释】

①翕（xī）集：聚集。

②家门：家族。

③倾动：震动，倾倒。

④"但恐"句：谢安一族之中，堂兄谢尚、哥哥谢奕、弟弟谢万都已高官厚禄，富贵一时，而谢安有隐居之志，无出仕之心。可是名声已显，恐为时势所逼，不得不出仕，所以说了这句话。

【译文】

当初，谢安在东山隐居时，处于平民地位，那时他的兄弟之中已经得到富贵的，都集中在他这一家门，倾倒了名士。谢安妻子刘夫人对谢安开玩笑说："大丈夫不该这样吗？"谢安便捻着鼻子说："只怕避免不了呢。"

二八

【原文】

支道林因人就深公买㠶山①，深公答曰："未闻巢、由②买山而隐。"

【注释】

①㠶山：当为岇山。

②巢、由：巢父、许由，是传说中的远古隐士。

【译文】

支道林托人向竺法深买岘山,竺法深回答说:"没有听说巢父、许由买座山来隐居的。"

二九

【原文】

王、刘每不重蔡公。二人尝诣蔡,语良久,乃问蔡曰:"公自言何如夷甫?"答曰:"身不如夷甫。"王、刘相目^①而笑曰:"公何处不如?"答曰:"夷甫无君辈客。"

【注释】

①相目:相看,互相使眼色。

【译文】

王濛、刘惔常常不尊重蔡谟。他们二人曾经去拜访蔡谟,谈了很久,竟问蔡谟说:"您自己说说您比夷甫怎么样?"蔡谟回答说:"我不如夷甫。"王濛和刘惔相视而笑,又问:"您什么地方不如?"蔡谟回答说:"夷甫没有你们这样的客人。"

三〇

【原文】

张吴兴^①年八岁,亏齿,先达知其不常,故戏之曰:"君口中何为开狗窦?"张应声答曰:"正使君辈从此中出入。"

【注释】

①张吴兴:张玄之,字祖希,曾任吴兴太守。

【译文】

吴兴太守张玄之八岁那年,掉了颗门牙,前辈贤达知道他不同寻常,故意戏弄他说:"您嘴里为什么开狗洞?"张玄之应声回答说:"正是让你们这样的人从这里出入。"

三一

【原文】

郝隆①七月七日出日中仰卧,人问其故,答曰:"我晒书②。"

【注释】

①郝隆:字佐治,曾任征西将军桓温的参军。
②我晒书:民间风俗,七月初七日晒经书和衣裳。郝隆看见别人晒衣裳,戏称自己满肚子经书也要晒晒。

【译文】

郝隆在七月七日那天到太阳地里脸朝上躺着,有人问他干什么,他回答说:"我在晒书。"

三二

【原文】

谢公始有东山之志①,后严命②屡臻,势不获已,始就桓公司马。于时人有饷桓公药草,中有远志③。公取以问谢:"此药又名小草,何一物而有二称?"谢未即答。时郝隆在坐,应声答曰:"此甚易解,处则为远志,出则为小草④。"谢甚有愧色。桓公目谢而笑曰:"郝参军此过乃不恶,亦极有会⑤。"

【注释】

①东山之志:隐居东山的意愿。
②严命:严厉的命令。按:在谢安就任桓温的司马以前,扬州刺史庾冰、吏部尚书范汪都曾授他官职,都遭到拒绝。
③远志:中药名。根名远志,苗名小草。
④"此甚"句:"出""处"明指露出地面和埋在土中,暗指出仕和隐居,语意双关,以讥笑谢安的出仕。
⑤会:兴会,意趣。

【译文】

谢安起初有隐居山林的志向,后来官府屡次下诏征召他出仕,势不得已,这才就任桓温属下的司马之职。在这时,有人送给桓温草药,其中有远志。桓温拿来问谢安:"这种药又叫小草,怎么一种东西却有两样名称呢?"谢安没有立即回答,当时郝隆在座,随声回答说:"这很容易解释,不出就是远志,出来就是小草。"谢安深感惭愧。桓温看着谢安笑着说:"郝参军这个失言却不算坏,话也说得极有意味。"

三三

【原文】

庾园客①诣孙监②,值行,见齐庄③在外,尚幼,而有神意④。庾试之曰:"孙安国何在⑤?"即答曰:"庾稚恭家。"庾大笑曰:"诸孙大盛,有儿如此!"又答曰:"未若诸庾之翼翼⑥。"还,语人曰:"我故胜,得重唤奴⑦父名。"

【注释】

①庾园客:庾爱之,小名园客,是庾翼(字稚恭)的儿子。
②孙监:孙盛,字安国,任秘书监,所以称"孙监"。
③齐庄:孙放,字齐庄,是孙盛的儿子。
④神意:灵气。
⑤"孙安国"句:直呼对方父亲的名字,这是不敬的。
⑥"未若"句:庾园客用了齐庄父亲的名字,齐庄也直称庾翼来报复。翼翼,形容旺盛,兴旺。因有两个"翼"字,所以下文齐庄说:"得重唤奴父名。"
⑦奴:卑贱之称。

【译文】

庾园客去拜访秘书监孙盛,正遇上孙盛外出,他看见齐庄在外面,年纪还小,却有一股机灵气。庾园客就试探他说:"孙安国在什么地方?"齐庄马上回答说:"在庾稚恭家。"庾园客大笑说:"孙氏家族非常旺盛,有这样的儿子!"齐庄又回答说:"不如庾氏家族那样洋洋翼翼。"齐庄回家告诉别人说:"实是我胜了,我能够多叫一次那奴才父亲的名字。"

三四

【原文】

范玄平①在简文坐,谈欲屈,引王长史曰:"卿助我。"王曰:"此非拔山力所能助②。"

【注释】

①范玄平:范汪,字玄平,曾任吏部尚书,徐、兖二州刺史。
②"此非"句:指理亏得厉害,用什么力量也不能挽回。

【译文】

范玄平在简文帝家里做客,清谈时在理屈词穷之际,把左长史王濛拉过来说:"你帮帮我!"王濛说:"这不是拔山的力量所能帮助的。"

三五

【原文】

郝隆为桓公南蛮参军①。三月三日会②,作诗,不能者罚酒三升。隆初以不能受罚，既饮，揽笔便作一句云："娵隅跃清池③。"桓问："娵隅是何物？"答曰："蛮名鱼为娵隅。"桓公曰："作诗何以作蛮语？"隆曰："千里投公，始得蛮府参军，那得不作蛮语也！"

【注释】

①"郝隆"句：桓温曾任南蛮校尉，即驻守南方民族地区的将领，郝隆在他府中任参军。

②三月三日会：即上巳节，原来以夏历三月上旬巳日为上巳节，魏晋以后定在三月三日，这一天人们到水边洗濯，祈福驱邪，也借此宴饮、郊游。

③"娵（jū）隅"句：鱼儿在清池中跳跃。娵隅，古时南方的少数民族称鱼为娵隅。

【译文】

郝隆任桓温南蛮校尉府的参军。三月三日聚会时，大家都要作诗，不能作诗的要罚喝三升酒。郝隆开始因为作不出诗受罚，喝完酒，提起笔来便写了一句："娵隅跃清池。"桓温问："娵隅是什么？"郝隆回答说："南蛮称鱼为娵隅。"桓温说："作诗为什么用蛮语？"郝隆说："我从千里之外来投奔您，才得到南蛮校尉府的参军一职，哪能不说蛮语呢！"

三六

【原文】

袁羊尝诣刘恢①，恢在内眠未起。袁因作诗调之曰："角枕粲文茵，锦衾烂长筵②。"刘尚③晋明帝女，主见诗，不平曰："袁羊，古之遗狂④！"

【注释】

①刘惔：是刘恢之误。

②"角枕"二句：大意是华丽的褥子上用兽角装饰的枕头鲜艳夺目，精美的席子上锦被光辉灿烂。语出《诗经·唐风·葛生》："角枕粲兮，锦衾烂兮。"《葛生》是一首描写丈夫出征，生死不明，妻子在家思念的诗。袁羊用这篇诗的语句作诗嘲笑刘惔，无怪庐陵公主见诗不平。

③尚：指娶公主为妻。刘惔娶晋明帝的女儿庐陵公主为妻。

④狂：放荡不羁。

【译文】

袁羊有一次去拜访刘惔，刘惔正在内室睡觉，还未起床。袁羊于是作诗戏弄他说："角枕粲文茵，锦衾烂长筵。"刘惔娶晋明帝女儿为妻，庐陵公主看见袁羊的诗愤愤不平，说："袁羊是古代遗留下来的狂徒！"

三七

【原文】

殷洪远答孙兴公诗云："聊复放一曲①。"刘真长笑其语拙，问曰："君欲云那放②？"殷曰："榆腊③亦放④，何必其枪铃⑤邪？"

【注释】

①"聊复"句:大意是,姑且再放声歌一曲。

②"君欲"句:刘真长认为"放"字用在这里很拙劣,所以反问他怎么放?

③榻(tà)腊:柏腊,指鼓声。

④放:指放出,发出。殷洪远意在说明自己的诗虽然像鼓声,比不上金石声清脆悦耳,却也能表情达意,何必要雕章琢句,刻意作金石声。

⑤铃:钟铃声,金石声。

【译文】

殷洪远答孙兴公的诗句说:"聊复放一曲。"刘真长笑话他的诗语拙劣,问道:"您想说怎么放?"殷洪远说:"鼓声也是放,为什么一定要放出金石声呢?"

三八

【原文】

桓公既废海西,立简文①。侍中谢公见桓公拜。桓惊笑曰:"安石,卿何事至尔?"谢曰:"未有君拜于前,臣立于后②。"

【注释】

①"桓公"句:桓温在晋太和六年(公元371年)废晋帝为海西县公,立丞相司马昱为帝,这就是简文帝。桓温乘机诛杀、流放

一些大臣。威势显赫,谢安见而遥拜。

②"未有"句:君,用来尊称在上位者,也指君主;臣,既是谦称,也指臣子。谢安用这两个词,意属双关,讽刺桓温想当君主。另外,"臣立于后",《晋书·桓温传》作"臣揖于后"。

【译文】

桓温废黜海西公后,扶立了简文帝司马昱。侍中谢安进见桓温,行了个大礼,桓温惊讶地笑道:"安石,你为什么这样呢?"谢安回答说:"没有君先行礼,臣后站起来的道理。"

三九

【原文】

郗重熙与谢公书道:"王敬仁闻一年少怀问鼎①。不知桓公德衰,为复后生可畏?"

【注释】

①问鼎:篡位。先秦时代把九鼎当作传国之宝,问鼎的大小轻重,就是意欲夺取天下。

【译文】

郗重熙写信给谢安说:"王敬仁听说有一位年轻人图谋篡夺王位的事。不知是桓公德行衰微,还是后生可畏?"

四〇

【原文】

张苍梧①是张凭之祖,尝语凭父曰:"我不如汝。"凭父未解所以②,苍梧曰:"汝有佳儿。"凭时年数岁,敛手③曰:"阿翁,讵宜以子戏父!"

【注释】

①张苍梧:张镇,字义远,曾任苍梧太守。
②所以:缘故。
③敛手:拱手,两手在胸前相抱,表示恭敬。

【译文】

苍梧太守张镇是张凭的祖父,他曾经对张凭的父亲说:"我不如你。"张凭的父亲不懂得这么说的原因,张镇说:"你有个出色的儿子。"当时张凭只有几岁,恭恭敬敬地拱手说:"爷爷,怎么可以拿儿子来开父亲的玩笑呢!"

四一

【原文】

习凿齿①、孙兴公未相识,同在桓公坐。桓语孙:"可与习参军共语。"孙云:"蠢尔蛮荆②,敢与大邦为仇?"习云:"薄伐猃狁,至于太原③。"

【注释】

①习凿齿:字彦威,荆州襄阳郡人。桓温任荆州刺史时,聘他任从事、西曹主簿,后因触犯了桓温,降为户曹参军。

②"蠢尔"句:《诗经·小雅·采芑》:"蠢尔荆蛮,大邦为仇。"大意是:你们楚国蠢蠢欲动,和我们大国做仇敌。孙兴公引《诗经》,是嘲笑习凿齿的籍贯为蛮荆,是南蛮。蛮荆,本指春秋时代的楚国。

③"薄伐"句:语出《诗经·小雅·六月》,大意是:讨伐匈奴,到了太原(指把匈奴赶出了太原)。按,孙兴公是太原人,所以习凿齿也引《诗经》嘲笑他的籍贯是匈奴所处之地。猃狁(xiǎn yǔn),北方的一个民族,即北狄、匈奴。

【译文】

习凿齿和孙兴公互不认识,两个人一起到桓温家做客。桓温对孙兴公说:"该和习参军一起谈谈。"孙兴公说:"你们荆蛮蠢蠢欲动,胆敢和大国做对头!"习凿齿说:"讨伐猃狁,直达你们的老家太原。"

四二

【原文】

桓豹奴①是王丹阳②外生,形似其舅,桓甚讳之。宣武云:

"不恒相似,时似耳!恒似是形,时似是神。"桓豹奴不说。

【注释】

①桓豹奴:桓嗣,字恭祖,小名豹奴。
②王丹阳:王混,字奉正,官至丹阳尹。

【译文】

桓豹奴是丹阳尹王混的外甥,容貌像他的舅父,桓豹奴很忌讳这点。桓温说:"不总像他,只不过有时像他罢了!经常和他相像的是外貌,有时像他的是神态。"桓豹奴听了更加不高兴。

四三

【原文】

王子猷诣谢万,林公先在坐,瞻瞩甚高。王曰:"若林公须发并全,神情当复胜此不?"谢曰:"唇齿相须①,不可以偏亡。须发何关于神明?"林公意甚恶,曰:"七尺之躯②,今日委君二贤。"

【注释】

①须:依赖,凭借。按,这句疑指支道林唇齿有些毛病。
②七尺之躯:身高七尺,是成人的身长,借指男子汉大丈夫。

【译文】

王子猷去拜访谢万,支道林先已在坐,他眼光很高,瞧不起人。王子猷说:"如果林公胡须、头发都齐全的话,神态风度会比现在更强吗?"谢万说:"嘴唇和牙齿是互相依存的,不可缺少一部分。至于胡须、头发和人的精神有什么关联呢!"支道林心里很不高兴,说:"我这堂堂七尺之躯,今天就交给二位贤达去评说吧。"

四四

【原文】

郗司空拜北府①,王黄门②诣郗门拜云:"应变将略③,非其所长。"骤咏之不已。郗仓④谓嘉宾⑤曰:"公今日拜,子猷言语殊不逊,深不可容!"嘉宾曰:"此是陈寿作诸葛评。人以汝家⑥比武侯⑦,复何所言!"

【注释】

①"郗司空"句:指郗愔就任徐州军政长官事。

②王黄门:王徽之,字子猷,是郗愔的外甥,曾任黄门侍郎,为人傲世不羁。

③"应变"句:《三国志·蜀志·诸葛亮传》陈寿评诸葛亮说:"然连年动众,未能成功,盖应变将略,非其所长欤!"陈寿与诸葛亮有个人恩怨,所以下这样的评语。将略,用兵的谋略。

④郗仓:郗融的小名,郗愔第二子。

⑤嘉宾:郗超,字嘉宾,是郗仓的哥哥。

⑥汝家:你,这里指其父郗愔。

⑦武侯:诸葛亮,辅佐刘备建立蜀国,刘备死,刘禅继位,封为武乡侯。

【译文】

司空郗愔出任北府长官，黄门侍郎王子猷登门祝贺说："随机应变和用兵谋略两方面，并不是他的长处。"反复不停地朗诵着这两句。郗仓对嘉宾说："父亲今天受任，子猷说话非常不谦恭，很不该宽容他！"嘉宾说："这是陈寿给诸葛亮作的评语，人家把你父亲比作诸葛亮，还有什么可说的呢！"

四五

【原文】

王子猷诣谢公，谢曰："云何七言诗①？"子猷承问，答曰："昂昂②若千里之驹，泛泛若水中之凫。"

【注释】

①七言诗：相传汉武帝在柏梁台上和群臣联句，赋七言诗，每人一句，一句一意，世称柏梁体。旧说七言诗起源于此。

②"昂昂"两句：《楚辞·卜居》："宁昂昂若千里之驹乎，将泛泛若水中之凫乎。"这里引用时减去了表达选择问的词。大意是：像千里马那样高视阔步，像野鸭子那样漂浮不定。按，王子猷引此句，说明他不懂装懂。

【译文】

王子猷去拜访谢安，谢安说："什么叫七言诗？"王子猷被问到，回答说："昂昂若千里之驹，泛泛若水中之凫。"

四六

【原文】

王文度、范荣期俱为简文所要,范年大而位小,王年小而位大。将前,更相推在前,既移久,王遂在范后。王因谓曰:"簸之扬之,糠秕①在前。"范曰:"洮②之汰之,沙砾③在后。"

【注释】

①糠秕(bǐ):秕糠。
②洮:同"淘",洗。
③沙砾:沙子和小石块。按,两个人借位置的先后互相取笑。

【译文】

王文度和范荣期一起受到简文帝邀请。范荣期年纪大而官位小,王文度年纪小而官位高。到了简文帝那里,将要进去的时候,二人轮番推让,要对方走在前面;已经推让了很久,王文度终于走在范荣期的后面。王文度于是说:"簸米扬米,秕子和糠在前面。"范荣期说:"淘米洗米,沙子和石子在后面。"

四七

【原文】

刘遵祖少为殷中军所知,称之于庾公。庾公甚忻①然,便取为佐②。既见，坐之独榻③上与语。刘尔日殊不称，庾小失望，遂名之为"羊公鹤④"。昔羊叔子有鹤善舞，尝向客称之。客试使驱来，毻氋⑤而不肯舞。故称比之。

【注释】

①忻（xīn）：同"欣"，喜悦。
②佐：指佐官，下属。
③独榻：一人坐的榻，尊敬的宾客坐独榻。
④羊公鹤：不舞之鹤，指名不副实的人。
⑤毻氋（tóng méng）：羽毛松散的样子。

【译文】

刘遵祖年轻时为中军将军殷浩所赏识，殷浩向庾亮荐举他。庾亮很高兴，就聘他来做僚属。见面后，让他坐在独榻上和他交谈。刘遵祖那天说话，却和他的名望特别不相称，庾亮稍微有些失望，于是把他称为"羊公鹤"。从前羊叔子有只鹤善于舞蹈，羊叔子曾经向客人称赞这只鹤。客人试着叫人赶来，鹤却羽毛松松垮垮的，不肯舞蹈。所以拿"羊公鹤"做比拟来称呼他。

四八

【原文】

魏长齐①雅有体量②，而才学非所经。初宦当出，虞存嘲之曰："与卿约法三章：谈者死，文笔③者刑，商略抵罪。"魏怡然④而笑，无忤⑤于色。

【注释】

①魏长齐：魏颢，字长齐，官至山阴令。
②体量：气量。
③文笔：韵文称文，散文称笔，文笔泛指文章，这里指写文章。
④怡然：愉快的样子。
⑤忤：抵触。

【译文】

魏长齐很有气度，可是才学不是他所擅长的。他初始做官要出任时，虞存嘲笑他说："与你约法三章：高谈阔论的人处死，舞文弄墨的人判刑，品评人物就治罪。"魏长齐和悦地笑了，脸上没有露出一丝抵触情绪。

四九

【原文】

郗嘉宾书与袁虎，道戴安道、谢居士云："恒任之风，当有所弘①耳。"以袁无恒，故以此激之。

【注释】

①弘：扩大，光大。

【译文】

郗嘉宾写信给袁虎，评论戴安道、谢居士的话说："有恒心和负责这种作风，应当有所发扬啊。"因为袁虎没有恒心，所以用这句话来激励他。

五〇

【原文】

范启与郗嘉宾书曰:"子敬①举体无饶②纵,掇皮③无余润④。"郗答曰:"举体无余润,何如举体非真者?"范性矜假⑤多烦,故嘲之。

【注释】

①子敬:王献之,字子敬。
②饶:指肌肤丰满。
③掇皮:剥皮。
④余润:指丰润的肌肉。
⑤矜假:矫揉造作。

【译文】

范启给郗嘉宾的信写道:"子敬全身没有丰润的肌肉,即使扒下他的皮,也没有多余的肌肉。"郗嘉宾说:"全身干巴巴的比起全身都是假的,哪样好?"范启本性矫揉造作,絮烦多事,所以嘲笑他。

五一

【原文】

二郗①奉道,二何②奉佛,皆以财贿。谢中郎云:"二郗谄③于道，二何佞④于佛。"

【注释】

①二郗：郗愔和弟弟郗昙。二人信奉天师道。
②二何：何充和弟弟何准。二人信奉佛教，广修佛寺，供养和尚。
③谄：巴结，奉承。
④佞：巧言谄媚。

【译文】

郗愔和郗昙信奉天师道，何充和何准信奉佛教，都用了很多财物。西中郎将谢万说："二郗奉承道教，二何讨好佛教。"

五二

【原文】

王文度在西州①，与林法师讲，韩、孙诸人并在坐。林公理每欲小屈，孙兴公曰："法师今日如著弊絮在荆棘中，触地②挂阂③。"

【注释】

①西州：指扬州，州府所在地是西州城。按，王文度（名坦之）的父亲王述曾任扬州刺史。
②触地：遍地，到处。
③挂阂：挂碍。

【译文】

王文度在扬州刺史官署时,与支道林法师一起讲论,韩康伯和孙兴公等人都在座。支道林每每理屈时,孙兴公就说:"法师今天像穿着破棉衣走入荆棘中,到处牵扯着。"

五三

【原文】

范荣期见郗超俗情不淡,戏之曰:"夷、齐、巢、许①,一诣垂名,何必劳神苦形,支策据梧②邪?"郗未答,韩康伯曰:"何不使游刃皆虚③?"

【注释】

①夷、齐、巢、许:伯夷、叔齐、巢父、许由,都是上古清廉之士。

②支策据梧:语出《庄子·齐物论》,原文是:"昭文之鼓琴也,师旷之枝策也,惠子之据梧也,三子之知,几乎皆其盛者也,故载之末年。"这是说春秋时晋国的乐师师旷持杖敲击乐器,战国时宋人惠子倚着梧桐树辩论,他们的技艺、学识几乎是登峰造极了,故晚年仍坚持这样做。

③游刃皆虚:指刀刃在骨节的间隙切割,以喻顺应环境,保全自己。《庄子·养生主》讲到庖丁解牛,其中谈及只要懂得牛的结构,刀刃在骨节间的活动余地很大,就不会损坏刀刃。

【译文】

范荣期看到郗超有世俗之情,并不超脱恬淡,戏弄他说:

"伯夷、叔齐、巢父、许由一举而留名后世,你为什么一定要劳损身心,像师旷、惠子那样劳苦呢?"郗超还没有回答,韩康伯接着说:"为什么不让自己游刃有余?"

五四

【原文】

简文在殿上行,右军与孙兴公在后。右军指简文语孙曰:"此啖名客①。"简文顾曰:"天下自有利齿儿②。"后王光禄③作会稽,谢车骑出曲阿④祖之。王孝伯罢秘书丞在坐,谢言及此事,因视孝伯曰:"王丞齿似不钝。"王曰:"不钝,颇亦验。"

【注释】

①啖名客:指好名之士。啖,嗜好,喜好。据余嘉锡《世说新语笺疏》所引,"啖名"应为"啖石",是王右军和简文帝共嘲孙兴公的话。道家有啖石法,而孙兴公善于持论,然多强词夺理,所以王右军戏之为啖石客。这一解释较好。不然,以简文帝的地位,王右军怎敢那样戏弄他!

②利齿儿:牙齿坚利的人。这是对啖名(啖石)一说的解释。

③王光禄:王蕴,曾任光禄大夫,后任会稽内史、镇军将军。

④曲阿:城名,治今江苏丹阳。

【译文】

简文帝在大殿上行走时,右军将军王羲之和孙兴公跟在后面。王羲之指着简文帝对孙兴公说:"这位是好名之人。"简文帝回过头说:"天下自有利齿儿。"后来光禄大夫王蕴出任会稽内史，车骑将军谢玄到曲阿设宴为他送行。这时，免去秘书丞职务的王孝伯也在座，谢玄谈起这件事，顺便看着王孝伯说："王丞的牙齿好像不钝。"王孝伯说："不钝，似乎还很有效验。"

五五

【原文】

谢遏夏月尝仰卧，谢公清晨卒来，不暇著衣，跣①出屋外，方蹑履②问讯。公曰："汝可谓'前倨而后恭③'。"

【注释】

①跣：赤脚。
②蹑履：穿鞋。
③"前倨"句：语出《战国策·秦策》。据载，苏秦贫困时，嫂不为礼。后富贵而归，嫂"蛇行匍伏，四拜，自跪而谢"。苏秦说："嫂，何前倨而后卑也？"意谓先前傲慢而现在谦卑。

【译文】

谢遏在夏天的一个夜晚，仰面睡着，谢安大清早突然来到，谢遏来不及穿衣服，光着脚跑出屋外，这才穿鞋请安。谢安说："你可以说是'前倨而后恭'。"

五六

【原文】

顾长康作殷荆州佐，请假还东①。尔时例不给布驮②，顾苦求之，乃得。发至破冢③，遭风大败。作笺与殷云："地名破冢，真破冢而出④。行人安稳，布飐无恙。"

【注释】

①还东：回东边去，这里指回家。顾长康，晋陵人，古属扬州，在荆州东边。

②布飐：布做的船帆，也指帆船。

③破冢：地名，在今湖北荆州市荆州区东南长江东岸。

④破冢而出：指死里逃生。冢，坟墓。

【译文】

顾长康担任荆州刺史殷仲堪的参军，请假东下回家。那时按照惯例，不供给帆船，顾长康极力恳求殷仲堪借船，才得到了帆船。船到了破冢时，遇到大风，布帆完全坏了。顾长康写信给殷仲堪说："地名叫破冢，我们真是破冢而出。行人安稳，布帆无病。"

五七

【原文】

苻朗①初过江，王咨议②大好事，问中国人物及风土所生，终无极已，朗大患之。次复问奴婢贵贱，朗云："谨厚有识中③者，乃至十万；无意为奴婢问者④，止数千耳。"

【注释】

①苻朗：字元达，是前秦苻坚的侄儿，在前秦任青州刺史，当晋国讨伐青州时，向谢玄投降，被任用为员外散骑侍郎，渡江到

扬州。

②王咨议：王肃之，字幼恭，王羲之第四子。曾任中书郎、骠骑咨议。

③识中：知识。

④"无意"句：这句话语意双关，苻朗借此讥刺王肃之问事喋喋不休，令人轻贱。无意，无见识。

【译文】

苻朗刚渡江到晋国，骠骑咨议王肃之非常好管闲事，问中原地区的人物和风土人情、物产等等事情，问个没完没了。苻朗对他非常不耐烦。然后又问奴婢价钱的高低，苻朗说："谨慎、忠厚、有见识的，竟然可达十万钱；没有见识，只是提出奴婢问问的，只要几千钱罢了。"

五八

【原文】

东府①客馆②是版屋③。谢景重诣太傅，时宾客满中，初不交言，直仰视云："王乃复西戎其屋④。"

【注释】

①东府：原为晋简文帝的府第，后来是他儿子会稽王司马道子的住宅。

②客馆：招待宾客的处所。

③版屋：用木板修筑的房子。

④西戎其屋：西方民族的房子。西戎人通常住版屋。《诗经·秦

风·小戎》:"在其版屋,乱我心曲。"这是秦襄公率兵讨伐西戎,出征者之妻怀念丈夫的诗。

【译文】

东府的宾馆是用木板修建的房子。谢景重去拜访太傅司马道子,当时宾客满座,最初他并没有和别人交谈,只是抬头望着房顶说:"会稽王竟然把自己的房子弄得像西戎的版屋一样。"

五九

【原文】

顾长康啖甘蔗,先食尾。人问所以,云:"渐至佳境①。"

【注释】

①佳境:美妙的境界。按,甘蔗的头部最甜,从蔗梢吃起,越吃越甜。

【译文】

顾长康吃甘蔗,先从甘蔗的末尾吃起。有人问他什么原因,他说:"逐渐进入美妙的境界。"

六〇

【原文】

孝武属王珣求女婿曰:"王敦、桓温磊砢①之流,既不可复得，且小如意，亦好豫人家事，酷非所须。正如真长、子敬比，最佳。"珣举谢混。后袁山松欲拟谢婚，王曰："卿莫近禁脔②。"

【注释】

①磊砢：形容才能卓越。

②禁脔（luán）：比喻不许别人染指的东西。脔，切成块的肉。《晋书·谢混传》："元帝始镇建业，公私窘罄（缺乏），每得一豚（豚），以为珍膳，项（颈）上一脔尤美，辄以荐帝，群下未尝敢食，于时呼为禁脔。故王珣因以为戏。"

【译文】

晋孝武帝嘱托王珣物色女婿，说："王敦、桓温属于才能卓越一类的人，既不可能再找到，而且这种人稍微得意，也喜欢干预别人的家事，这是我最不需要的人。只是像真长、子敬一样的人最理想。"王珣提出谢混。后来袁山松打算把女儿嫁给谢混，王珣就对袁山松说："你不要靠近禁脔。"

六一

【原文】

桓南郡与殷荆州语次①，因共作了语②。顾恺之曰："火烧平原无遗燎③。"桓曰："白布缠棺竖旒旐④。"殷曰："投鱼深渊放飞鸟⑤。"次复作危语⑥。桓曰："矛头淅米剑头炊⑦。"殷曰："百岁老翁攀枯枝。"顾曰："井上辘轳卧婴儿。"殷有一参军在坐,云:"盲人骑瞎马,夜半临深池。"殷曰:"咄咄逼人⑧!"仲堪眇目⑨故也。

【注释】

①语次:谈话之间。

②了语:一种语言游戏,说出了结之事。

③"火烧"句:意指烈火烧光了平原,一点儿火种也没有剩下。遗燎,余火,剩下的火种。按,下文每人所说的句子都和"了"字押韵。

④"白布"句:意指用白布裹着棺材,竖起了招魂幡出殡。疏旐(liú zhào),招魂幡,出殡时在棺材前引路的旗子。

⑤"投鱼"句:意指把鱼放回深渊,把飞鸟放回山林。

⑥危语:举出危险之事的话。下文的句子也都和"危"字押韵。

⑦"矛头"句:意指在矛尖上淘米,在剑尖上煮饭。淅(xī)米,淘米。

⑧咄咄逼人:形容出语伤人,使人难以忍受。

⑨眇(miǎo)目:瞎了一只眼睛。

【译文】

南郡公桓玄和荆州刺史殷仲堪谈话时,顺便一起作了语。顾恺之说:"火烧平原无遗燎。"桓玄说:"白布缠棺竖旒旐。"殷仲堪说:"投鱼深渊放飞鸟。"接着又说处于险境的事。桓玄说:"矛头淅米剑头炊。"殷仲堪:"百岁老翁攀枯枝。"顾恺之说:"井上辘轳卧婴儿。"殷仲堪有一个参军也在座,说:"盲人骑瞎马,夜半临深池。"殷仲堪说:"咄咄逼人!"这是因为殷仲堪瞎了一只眼睛。

六二

【原文】

桓玄出射,有一刘参军与周参军朋赌①,垂成,唯少一破②。刘谓周曰:"卿此起③不破,我当挞卿。"周曰:"何至受卿挞!"刘曰:"伯禽之贵④,尚不免挞,而况于卿!"周殊无忤色。桓语庾伯鸾曰:"刘参军宜停读书,周参军且勤学问⑤。"

【注释】

①朋赌:指分组赌射箭。一朋等于一组。
②破:指破的,中箭靶。这句话是说再中一箭,即可取胜。
③此起:这一发,这一箭。起,发射。
④"伯禽"句:伯禽是周朝周公的儿子,受封于鲁。周公辅佐周成王处理国政,成王有罪时,周公就鞭打伯禽。这句是用父亲打儿子一事来戏弄对方。
⑤"刘参"句:桓玄以为,刘参军滥引古书故事,用伯禽的事来比拟是不伦不类,所以说宜停止读书;周参军不知道刘参军是捉弄自己,这是因为不学习,所以说且勤学问。

【译文】

桓玄出外打猎,有一位刘参军与周参军合成一组赌射箭,只差射中一箭。刘参军对周参军说:"你这一箭不中,我该鞭打你。"周参军说:"哪至于受你的鞭打!"刘参军说:"伯禽那样显贵,还不免受到鞭打,何况你呢!"周参军一点儿不满的表情也没有。桓玄对庾伯鸾说:"刘参军应该停止读书,周参军还要用功学习。"

六三

【原文】

桓南郡与道曜讲《老子》,王侍中为主簿,在坐。桓曰:"王主簿可顾名思义①。"王未答,且大笑。桓曰:"王思道能作大家儿②笑。"

【注释】

①"王主"句:王主簿指王桢之,小名思道,曾任侍中、大司马长史。而《老子》认为道是万物的总根源,全书着重阐明道,使道显明。王桢之名思道,所以桓玄说他可以顾名思义。

②大家儿:士族豪门的子弟。按,王思道是王羲之的孙子,也是士族子弟。这一句是讥讽他放纵失礼。

【译文】

南郡公桓玄与道曜研讨《老子》,侍中王桢之当时担任桓玄的主簿,也在座。桓玄说:"王主簿可以从自己的名字即知道其中的含义。"王桢之没有回答,而且放声大笑。桓玄说:"王思道能发出大家儿的笑声。"

六四

【原文】

祖广行恒缩头。诣桓南郡,始下车,桓曰:"天甚晴朗,祖参军如从屋漏①中来。"

【注释】

①屋漏:破屋漏雨之处。

【译文】

祖广走路时经常缩着脑袋。他去拜访南郡公桓玄,刚一下车,桓玄说:"天气很晴朗,怎么祖参军像是从漏雨的房子里出来的一样。"

六五

【原文】

桓玄素轻桓崖①。崖在京下有好桃,玄连就求之,遂不得佳者。玄与殷仲文书,以为嗤笑曰:"德之休明②,肃慎③贡其楛矢④;如其不尔,篱壁间物⑤,亦不可得也。"

【注释】

①桓崖:桓修,小名崖,是桓玄的堂兄弟。

②休明：美善光明。

③肃慎：古代民族名，在今东北北部一带，从事狩猎。周武王克商，肃慎来贡楛矢。

④楛（hù）矢：用楛木做杆制成的箭。

⑤篱壁间物：指家园所生产的东西。

【译文】

桓玄向来看不起桓崖。桓崖在京都的家里有良种好桃，桓玄接连多次去要种子，终究没得到良种。桓玄写信给殷仲文，就这件事嘲笑自己说："如果道德美善光明，连肃慎这样的边远民族都来进贡弓箭；如果不是这样，就连家园里的出产也是得不到的。"

轻诋第二十六

【题解】

　　轻诋，指轻视诋毁。对人有所不满，或当面、或背地里说出，其中有批评，有指摘，有责问，有讥讽，这就是本篇所搜集的主要事例。篇内一般记述说话的环境，能让人了解是在什么情况下说出的话。有少数条目所述情况太简单，甚至只是一两句评论，不易让人了解在轻诋哪一方面。个别条目是记述一些恶作剧的做法，如第七则。

　　轻诋的着眼点是多方面的，有言论、文章、行为、本性、胸怀等，甚至形貌、语音不正都会受到蔑视，总之是对什么不满就说什么。其中有一些事例对了解那个时代还是有启发的。例如第一则记王玄对他叔父王澄的批评，王澄因善于品评人物而成为名士，王玄却认为他的品评是妄语。可知把士人弄得如醉如痴的品评，在另一些人看来却是胡说。又如周顗轻视乐广，其实据《晋书》所载，两个人在当时俱有重名，所不同的是周伯仁袭父爵武城侯，而乐广却门第寒微，少孤贫。可见周顗轻诋的是乐广的门第，他是为了维护门阀制度。又如桓温斥责清谈名士王衍误国，可知当时就有人认识到清谈的危害。

一

【原文】

王太尉问眉子①:"汝叔名士,何以不相推重?"眉子曰:"何有名士终日妄语?"

【注释】

①眉子:王玄,字眉子,是王衍的儿子,有豪气,也有才能,是知名人士。他的叔父王澄,字平子,以善于品评人物知名于世。按,《识鉴》记王平子骂眉子"志大其量"。

【译文】

太尉王衍问眉子说:"你的叔父是名士,你为什么不推重他?"眉子说:"哪有名士整天胡言乱语的呢?"

二

【原文】

庾元规语周伯仁:"诸人皆以君方乐。"周曰:"何乐?谓乐毅①邪?"庾曰:"不尔,乐令②耳。"周曰:"何乃刻画无盐,以唐突西子也③?"

【注释】

①乐毅：战国时燕国人，燕昭王时任上将军，曾率五诸侯国之兵征伐齐国，大破齐军，封为昌国君。

②乐令：乐广，西晋人，官至太子舍人、尚书令。

③"何乃"句：用丑妇来比美女，比喻不伦不类。刻画，描摹。无盐，指无盐女，传说中的丑女。唐突，冒犯，亵渎。西子，即西施，古代的美女，春秋时越王勾践把她献给吴王夫差。按，依《晋书》所记，乐广虽然名重当时，却门第寒微，而周伯仁德望素重，又袭父爵，门第高贵，故轻视乐广。

【译文】

庾元规告诉周𫖮说："大家都把你比作乐氏。"周𫖮问道："是哪个乐氏？指的是乐毅吗？"庾元规说："不是这样，是乐令啊。"周𫖮说："为什么细致地描绘丑女无盐，用来冒犯美女西施呢？"

三

【原文】

深公云："人谓庾元规名士，胸中柴棘①三斗许。"

【注释】

①柴棘：枯枝和荆棘，比喻有心计，胸怀不坦荡。

【译文】

竺法深说:"人们评论庾元规是名士,可是他心里隐藏的柴棘,恐怕有三斗之多!"

四

【原文】

庾公①权重,足倾王公。庾在石头,王在冶城②坐③。大风扬尘,王以扇拂尘曰:"元规尘污人。"

【注释】

①庾公:庾亮,字元规,初任丞相参军,得到晋元帝的器重。
②冶城:冶城属于丹阳郡,王导在西晋末年曾任丹阳太守,疑其驻地为冶城。
③坐:驻守。

【译文】

庾亮的权势很重,足以超过王导。庾亮在石头城,王导在冶城坐镇。一次,大风扬起了尘土,王导用扇子扇掉尘土说:"元规的尘土玷污人。"

五

【原文】

王右军少时甚涩讷①。在大将军许,王、庾二公后来,右军便起欲去。大将军留之曰:"尔家司空②、元规,复可所难③?"

【注释】

①涩讷:说话迟钝,不流利。

②司空:指王导,官至侍中、司空。

③可所难:同"何所难"。

【译文】

右军将军王羲之少年时说话有些迟钝。他在大将军王敦府上,王导和庾亮两个人后到,王羲之便站起来要走。王敦挽留他,说:"是你家的司空和元规两个人,又为难什么呢!"

六

【原文】

王丞相轻蔡公①,曰:"我与安期、千里共游洛水边②,何处闻有蔡充儿?"

【注释】

①蔡公:蔡谟,字道明,是蔡充的儿子,在苏峻叛乱时,出任吴国内史,当时王导已为显官。后迁五兵尚书、司徒。有一次,他和王导开了一个很大的玩笑,弄得王导既惭愧又生气,所以王导贬损他。

②"我与"句:指西晋时代京都还在洛阳的事。西晋时王导已

任东海王司马越参军,后为安东司马、丹阳太守。而蔡谟到东晋时代才出任官职。安期,王承的字,在西晋中叶出任骠骑参军,名声很大。千里,阮瞻的字,很有才能,在西晋时任太子舍人,受到司徒王戎的推重。

【译文】

丞相王导轻视蔡谟,说:"我与安期、千里一起在洛水边游览时,哪里听说有蔡充的儿子呢!"

七

【原文】

褚太傅初渡江,尝入东①,至金昌亭②,吴中豪右③燕集亭中。褚公虽素有重名,于时造次④不相识别。敕左右多与茗汁,少著粽⑤,汁尽辄益,使终不得食。褚公饮讫,徐举手⑥共语云:"褚季野⑦。"于是四坐惊散,无不狼狈。

【注释】

①东:对建康来说,吴郡、会稽为东。

②金昌亭:亭名,旧址在今苏州城西门附近。

③豪右:豪门大族。

④造次:匆忙。

⑤粽:一说指蜜饯果品。

⑥举手:指拱手作揖。

⑦褚季野:褚裒,字季野,很有名望,死后追赠侍中、太傅。

【译文】

太傅褚季野刚到江南时，曾经到吴郡去，到了金昌亭，吴地的豪门大族正在亭中聚会宴饮。褚季野虽然向来有很高的名望，可是当时那些富豪匆忙中没有认出他，就吩咐手下人多给他茶水，少摆上粽子，茶喝完了就添上，让他始终也吃不上。褚季野喝完茶，慢慢和大家作揖、谈话，说："我是褚季野。"于是满座的人惊慌地散开，没有一个不是狼狈不堪。

八

【原文】

王右军在南，丞相与书，每叹子侄不令，云："虎豚、虎犊，还其所如①。"

【注释】

①"虎豚"句：虎豚是王彭之小名，官至黄门侍郎。虎犊是王彪之小名。是王彭之三弟，累迁至左光禄大夫。二人是王导的族人。豚的原义是猪，犊的原义是小牛。这句指二人才质低下，正如各自的小名一样。

【译文】

右军将军王羲之在南方，丞相王导给他写信，常常慨叹子侄辈才质平庸，说："虎豚、虎犊，正像他们的小名一样。"

九

【原文】

褚太傅南下,孙长乐于船中视之。言次及刘真长死,孙流涕,因讽咏曰:"人之云亡①,邦国殄瘁②。"褚大怒曰:"真长平生,何尝相比数③,而卿今日作此面向人!"孙回泣向褚曰:"卿当念我!"时咸笑其才而性鄙。

【注释】

①"人之"句:语出《诗经·大雅·瞻卬》,大意是,贤德的人都逃亡了,国家就要艰难危急了。
②殄瘁:困苦。
③比数:并列在一起来计算,这里指和礼法之士相提并论。这句实指瞧不起他们。

【译文】

太傅褚季野到南方去镇守京口,长乐侯孙绰到船上去看望他。言谈之间说到刘真长之死,孙绰流着眼泪,就背诵道:"人之云亡,邦国殄瘁。"褚季野很生气地说:"真长平生何尝和他们相提并论,而你今天装出这副面孔对着我!"孙绰收起眼泪对褚季野说:"你应该同情我!"当时人都笑话他虽有才学可本性庸俗。

一〇

【原文】

谢镇西书与殷扬州①,为真长求会稽。殷答曰:"真长标同伐异②,侠之大者。常谓使君③降阶④为甚,乃复为之驱驰⑤邪?"

【注释】

①"谢镇西"句:殷浩曾任扬州刺史,会稽郡属扬州,疑是此时谢尚曾举荐刘真长。
②标同伐异:称赞同道而攻击异己,等于"党同伐异"。
③使君:对州郡长官的尊称。
④降阶:降级,降低官位。阶,旧时官员的品级。
⑤驱驰:奔走,效劳。

【译文】

镇西将军谢尚写信给扬州刺史殷浩,推荐刘真长主管会稽郡。殷浩回信说:"真长称颂同道,攻击异己,是最为狭隘的人。他曾说刺史降级是很严重的事,你怎么竟然为他奔走呢?"

一一

【原文】

桓公入洛,过淮、泗,践北境,与诸僚属登平乘楼①。眺瞩中原，慨然曰："遂使神州陆沉②，百年丘墟，王夷甫③诸人不得不任其责！"袁虎率尔对曰："运自有废兴，岂必诸人之过？"桓公懔然④作色，顾谓四坐曰："诸君颇闻刘景升⑤不？有大牛重千斤，啖刍豆十倍于常牛，负重致远，曾不若一羸牸。魏武入荆州，烹以飨⑥士卒，于时莫不称快。"意以况袁。四坐既骇，袁亦失色。

【注释】

①"桓公"句：桓温先后三次北伐，这一则疑指晋太和四年伐燕一事。平乘楼，指大船的船楼。

②陆沉：比喻国家动乱，国土沦陷。

③王夷甫：王衍，字夷甫，位至三公，喜好清谈，据《晋书·王衍传》说，他"不以经国为念，而思自全之计"。后来被后赵主石勒俘虏，还劝石勒称帝，最终被杀。

④懔然：令人生畏的样子。

⑤刘景升：刘表，字景升，任荆州牧，在曹操和袁绍的斗争中，想保持中立。后来曹操率军攻打他，未至，他就病死了。

⑥飨：用酒肉招待人。

【译文】

桓温进军洛阳，渡过淮水、泗水，踏上北方地区，他与下属们登上大船船楼，遥望中原，感慨地说道："中原国土终于沦陷，百年来成为废墟，王夷甫等人不能不承担这一罪责！"袁虎轻率地回答说："国家的命运本来有兴有衰，难道一定是他们的过错？"桓温神色威严，面露怒容，环顾满座的人说："诸位多少都听说过刘景升吧？他有一头千斤重的大牛，吃的草料，比普通牛多十倍，可是拉起重载走远路，简直连一头瘦弱的母牛都不如。

魏武帝进入荆州后,把大牛杀了来慰劳士兵,当时没有人不叫好。"桓温本意是用大牛来比拟袁虎。满座的人都震惊了,袁虎也吓得变了脸色。

一二

【原文】

袁虎①、伏滔②同在桓公府。桓公每游燕,辄命袁、伏,袁甚耻之,恒叹曰:"公之厚意,未足以荣国士③。与伏滔比肩④,亦何辱如之?"

【注释】

①袁宏:小名虎,本性刚直,文笔优美,任大司马桓温府中记室参军。
②伏滔:有才学,名声很好,桓温任他为参军,深受赏识。
③国士:一国所推崇的杰出人物。
④比肩:并肩,比喻声望、地位相等。

【译文】

袁虎、伏滔一同在桓温的大司马府中任职,桓温每逢游乐宴饮,就叫袁虎、伏滔参加。袁虎对此感到非常羞愧,常常对桓温叹息说:"您的深厚情意,不足以使国士感到光荣。把我和伏滔同等看待,还有什么耻辱比得上这个呢!"

一三

【原文】

高柔①在东,甚为谢仁祖所重。既出,不为王、刘所知。仁祖曰:"近见高柔大自敷奏②,然未有所得。"真长云:"故不可在偏地居,轻在角𩖐③中为人作议论。"高柔闻之云:"我就伊④无所求。"人有向真长学此言者,真长曰:"我实亦无可与伊者。"然游燕犹与诸人书:"可要安固。"安固者,高柔也。

【注释】

①高柔:字世远,乐安县人,曾任司空参军、安固县令(所以下文直称安固)。罢官后想隐居,后又出任冠军参军。乐安和安固县属扬州临海郡,在建康东部,所以说高柔在东。

②敷奏:向君主进言陈事。

③角𩖐(nuò):屋角,角落。这里指偏僻的地方。

④就伊:亲近他,和他交往。

【译文】

高柔在东边时,颇得谢仁祖所敬重。到京都以后,没有得到王濛、刘真长所赏识。仁祖说:"近来看见高柔大力地呈上奏章,然而没有什么效果。"刘真长说:"本来就不能在偏僻的地方居住,随便地住在一个角落,不过是被人当作议论的对象。"高柔听到这句话,说:"我和他交往并不图什么。"有人拿这句话向刘真长学舌,刘真长说:"我实在也没有什么东西可给他。"然而游乐宴饮时还是给各位写信说："可以邀请安固。"安固,就是高柔。

一四

【原文】

刘尹、江虨、王叔虎、孙兴公同坐,江、王有相轻色。虨以手歙①叔虎云:"酷吏!"词色甚强。刘尹顾谓:"此是瞋邪?非特是丑言声,拙视瞻②。"

【注释】

①歙(shè):用同"摄",捉持。
②视瞻:指顾盼的眼神。此句原注:"言江此言非是丑拙,似有忿于王也。"

【译文】

丹阳尹刘惔、江虨、王叔虎、孙兴公坐在一起,江虨、王叔虎露出互相轻视的神色。江虨用手捉持王叔虎说:"残暴的官吏!"辞色很强硬。刘惔看着他说:"这是生气吗?不只是说话难听、神色拙劣吧!"

一五

【原文】

孙绰作《列仙·商丘子赞》①曰:"所牧何物?殆非真猪。

傥遇风云，为我龙摅②。"时人多以为能。王蓝田语人云："近见孙家儿作文③，道'何物''真猪'也。"

【注释】

①"孙绰"句：《列仙传》记述商丘子喜欢吹竽放猪，到七十岁也不显老。孙绰曾为《列仙传·商丘子》作赞，即作总评。

②摅（shū）：飞腾。

③"近见"句：其意是讥讽孙文粗俗。

【译文】

孙绰写的《列仙传·商丘子赞》，其中写道："放牧的是什么？大概不是真正的猪。假使遇到风云变化，会载着我像龙一样飞腾而去。"当时的人大都认为他有才能。蓝田侯王述告诉别人说："近来看见孙家那小子写文章，说什么'何物''真猪'之类的话。"

一六

【原文】

桓公欲迁都，以张拓定之业①。孙长乐上表谏，此议甚有理。桓见表心服，而忿其为异，令人致意孙云："君何不寻《遂初赋》，而强知人家国事②！"

【注释】

①"桓公"句：东晋穆帝永和十二年（公元356年），桓温任征讨大都督，率军北伐，攻入洛阳。桓温想统治全国，就趁机建议把

京都由建康迁回洛阳。朝廷害怕桓温,不敢反对,孙绰便上奏议劝阻。拓定,指扩展国土,安定国家。

②"君何"句:孙绰年轻时就想隐居,在会稽住了十多年,游山玩水,于是作《遂初赋》来表明自己的隐居心意。家国事,国事,政务。

【译文】

桓温想迁都洛阳来发展扩充疆土,安定国家的事业。长乐侯孙绰上奏章谏阻,他的主张很有道理。桓温看到奏章以后心里很服气,可是恨他持异议,就叫人向孙绰转达自己的想法说:"您为什么不重温《遂初赋》,而硬要去过问别人的家国大事呢!"

一七

【原文】

孙长乐兄弟①就谢公宿,言至款杂。刘夫人在壁后听之,具闻其语。谢公明日还,问:"昨客何似?"刘对曰:"亡兄②门未有如此宾客。"谢深有愧色。

【注释】

①孙长乐兄弟:指孙绰和他的哥哥孙统。
②亡兄:指已死的刘真长。谢安的妻子是刘真长的妹妹。

【译文】

长乐侯孙绰兄弟到谢安家住宿,言谈之语极其空洞、杂乱。谢安妻子刘夫人在隔壁听,全都听到了他们的谈话。谢安第二天回到内室,问刘夫人昨晚的客人怎么样,刘夫人回答说:"亡兄家里从来没有过这样的宾客。"谢安听后脸色很羞愧。

一八

【原文】

简文与许玄度共语,许云:"举君亲以为难①。"简文便不复答,许去后而言曰:"玄度故可不至于此。"

【注释】

①"举君亲"句:君亲指君主和父母,这里指尽忠和尽孝。许玄度认为忠孝不能两全。下文说到简文帝不同意这种看法。

【译文】

简文帝和许玄度在一起谈话,许玄度说:"我认为忠和孝难以两全。"简文帝便不再回答,许玄度离开以后才说:"玄度本来可以不为此事为难。"

一九

【原文】

谢万寿春败后还,书与王右军云:"惭负宿顾①。"右军推书曰:"此禹、汤之戒②。"

【注释】

①"惭负"句:据《晋书·王羲之传》载,谢万任豫州都督

时，王羲之曾写信告诫他不要高傲，谢万不肯采纳。晋穆帝升平三年（公元359年），谢万受命北伐，仍然傲慢异常，不肯抚慰将士，最终未遇敌而先溃。

②禹、汤之戒：《左传·庄公十一年》有："禹、汤罪己，其兴也悖焉。"即说上古帝王禹、汤谴责自己，国家就兴旺。这里讥笑谢万仍然傲慢，没有真正认识到错误。

【译文】

谢万在寿春失败后回来，写信给右军将军王羲之说："我感到非常惭愧，辜负了你一向对我的关怀照顾。"王羲之推开信说："这是夏禹、商汤那种警诫自己的话。"

二〇

【原文】

蔡伯喈①睹睐笛椽，孙兴公听妓，振且摆折。王右军闻，大嗔曰："三祖寿乐器，虺瓦吊②孙家儿打折！"

【注释】

①蔡伯喈：蔡邕，字伯喈，东汉人。他避难到江南，住在客舍里，观察房上的竹椽子，认为是好竹，就用来做笛子，果然声音美妙。这支笛子一直流传下来。这里的笛椽，疑指用竹椽子做成的笛子。按，这一则难解，疑有错乱、误字。

②虺瓦吊：含义不明，疑是骂人的话。虺瓦，指毒物和轻贱之物。

【译文】

蔡伯喈用竹椽子做成竹笛，孙兴公听伎乐时用来打拍子，抖动摇晃,折断了。右军将军王羲之听说,非常生气地说:"祖上三代保存的乐器,孙家那小子为了听小歌女演唱,去振动击打,竟被打断了。"

二一

【原文】

王中郎与林公绝不相得①。王谓林公诡辩,林公道王云:"著腻颜帢②,绤布③单衣,挟《左传》,逐郑康成④车后。问是何物尘垢囊⑤?"

【注释】

①相得:彼此合得来。

②颜帢(qià):魏代士人戴的一种便帽,前面横缝着。晋代以后,渐去掉缝儿,就叫无颜帢。可知颜帢是旧制,所以讥为腻。

③绤布:疑指某一种布。

④郑康成:郑玄,字康成,东汉时的经学大师,遍注群经。按,这几句是讥讽王坦之治学食古不化。

⑤尘垢囊:装灰尘和污垢的口袋,用来比喻王坦之。

【译文】

北中郎将王坦之和支道林彼此不融洽。王坦之认为支道林只会诡辩,支道林批评王坦之说:"戴着腻歪的古帽,穿着布制单衣,夹着《左传》,跟在郑康成的车子后面跑。请问这是什么装满臭垃圾的袋子!"

二二

【原文】

孙长乐作王长史诔①云:"余与夫子,交非势利②,心犹澄水,同此玄味③。"王孝伯见曰:"才士④不逊,亡祖⑤何至与此人周旋!"

【注释】

①诔:哀悼死者的一种文体。
②"余与"句:大意是,我和您的交往并非势利之交。夫子,对学者的尊称。
③"心犹"句:大意是,我们的心如同水一样清,都有这种谈玄的趣味。
④才士:这里指孙绰。
⑤亡祖:指王濛。王孝伯是王濛的孙子。

【译文】

长乐侯孙绰为司徒左长史王濛写诔文,说:"我和老夫子,结交不为势利;心如清澄的水,同此玄味。"王孝伯看后说:"文人不谦虚,亡祖何至于跟这种人交往!"

二三

【原文】

谢太傅谓子侄曰:"中郎①始是独有千载。"车骑曰:"中郎衿抱②未虚③,复那得独有?"

【注释】

①中郎:抚军从事中郎谢万,是谢安的弟弟。

②衿抱:胸襟,胸怀。

③虚:指没有欲望。

【译文】

太傅谢安对子侄们说:"中郎才是千百年来独一无二之人。"车骑将军谢玄说:"中郎胸怀不够开阔,又怎么能算是独一无二的!"

二四

【原文】

庾道季诧①谢公曰:"裴郎②云:'谢安谓裴郎乃可不恶,何得为复饮酒?'裴郎又云:'谢安目支道林如九方皋③之相马,略其玄黄,取其俊逸。'"谢公云:"都无此二语,裴自为此辞耳。"庾意甚不以为好,因陈东亭《经酒垆下赋》④。读毕,都不下赏裁,直云:"君乃复作裴氏学!"于此《语林》遂废。今时有者,皆是先写,无复谢语。

【注释】

①诧:告诉。

②裴郎:裴启,曾撰《语林》一书,其中搜集汉至魏晋的言语应对。这里所谓裴郎云,实指《语林》一书所记。

③九方皋：是春秋时代善于相马的人。有一次，秦穆公叫他去寻找千里马，他回报说，找到了一匹黄色公马，牵来一看，却是黑色母马。伯乐说他是看重马的本质，不关心外表。

④"因陈"句：经酒垆下一事参看《伤逝》。这事出自裴启《语林》，王珣为之作赋。庾道季读这篇赋，是要说明《语林》所记并非假的。可是谢安仍坚持裴启所记不实。

【译文】

庾道季告诉谢安说："裴郎说：'谢安认为裴郎却是不错，怎么会又喝酒！'裴郎又说：'谢安评论支道林如同九方皋相马一样，不去看马的毛色，只注意马的非凡善跑。'"谢安说："根本没有说过这两句话，是裴启自己编造的呀。"庾道季心里很不以为然，便读出东亭侯王珣《经酒垆下赋》。朗读完了，谢安一点儿也不评论好坏，只是说："你竟然做起裴氏的学问！"从此《语林》便不再流传了。现在流传下来的，都是先前的抄本，其中不再有谢安的话。

二五

【原文】

王北中郎不为林公所知，乃著论《沙门不得为高士论》。大略云："高士①必在于纵心调畅。沙门②虽云俗外，反更束于教，非情性自得之谓也。"

【注释】

①高士：德行高尚而不做官的人，指隐士。

②沙门:佛教徒。

【译文】
北中郎将王坦之没有得到支道林的赏识,便写了篇《沙门不得为高士论》。大概的意思是说:"隐士一定处在随心所欲、心境协调舒畅的境界。和尚虽然是置身世外,反而更加受到宗教的束缚,说明他们的本性并非悠闲自得。"

二六

【原文】
人问顾长康:"何以不作洛生咏?"答曰:"何至作老婢声①?"

【注释】
①"何至"句:洛生咏的语音低沉粗重,而顾长康是晋陵郡无锡人,是南方人,语音清细,所以轻视洛生咏。

【译文】
有人问顾长康:"为什么不仿效洛阳书生读书的声音来咏诗呢?"顾长康回答说:"我哪儿至于去模仿老年女仆的声调?"

二七

【原文】
殷颛、庾恒并是谢镇西外孙,殷少而率悟,庾每不推。尝俱诣谢公，谢公孰视殷曰："阿巢①故似镇西。"于是庾下声语曰："定何似?"谢公续复云："巢颊似镇西。"庾复云："颊似，足作健②不?"

【注释】

①阿巢：殷顗的小名。
②作健：做健儿，成为强者。

【译文】

殷顗、庾恒都是镇西将军谢尚的外孙。殷顗年少时就很直爽，有悟性，庾恒常常不推重他。有一次他们都去拜访谢安，谢安仔细看着殷顗说："阿巢的确像镇西。"于是，庾恒低声问道："到底哪里像?"谢安接着又说："阿巢脸蛋儿像镇西。"庾恒又问："脸蛋儿像，就能成为强者吗?"

二八

【原文】

旧目韩康伯"将肘①无风骨"。

【注释】

①将肘：握住胳膊肘。将，一本作"持"，这似乎更好。原注谓"韩康伯似肉鸭"。按，《品藻》第六十六则和这一则同是评论韩康伯，可是褒贬不同。

【译文】

过去人们评论韩康伯说"胳膊肘粗壮,但没有什么风格气质"。

二九

【原文】

苻宏①叛来归国,谢太傅每加接引②。宏自以有才,多好上③人,坐无折④之者。适王子猷来,太傅使共语。子猷直孰视良久,回语太傅云:"亦复竟不异人。"宏大惭而退。

【注释】

①苻宏:前秦王苻坚的太子。晋孝武帝太元十年(公元385年),西燕王慕容冲攻打苻坚所据的长安,苻坚留苻宏守长安,自己出奔。后来慕容冲攻入长安,苻宏归降晋朝。

②接引:接待推荐。

③上:凌驾,高出。

④折:折服。

【译文】

苻宏逃跑出来归附晋国,太傅谢安常常予以接待、推荐。苻宏自认为有才能,经常喜欢压倒别人,座上宾客没有人能令他折服。恰好王子猷来,谢安让他们一起交谈。王子猷只是仔细打量了他好久,回头对谢安说:"终究和别人没有什么不同。"苻宏听了感到十分惭愧而告辞了。

三〇

【原文】

支道林入东,见王子猷兄弟,还,人问:"见诸王何如?"答曰:"见一群白颈乌,但闻唤哑哑声①。"

【注释】

①"见一群"句:王氏兄弟多穿白衣领的服装,故讥为白颈乌。哑哑声,陆游《老学庵笔记》卷八载:"古所谓揖,但举手而已。今所谓喏,乃始于江左诸王。方其时,惟王氏子弟为之。"据此,哑哑声是讥笑其作揖时出声致敬的那种声音。

【译文】

支道林到会稽去,见到了王子猷兄弟,他回到京都,有人问他:"你看王氏兄弟怎么样?"支道林回答说:"看见一群白脖子乌鸦,只听到哑哑的叫唤声。"

三一

【原文】

王中郎举许玄度为吏部郎,郗重熙①曰:"相王②好事,不可使阿讷③在坐头。"

【注释】

①郗重熙:郗昙,字重熙,简文帝为抚军时,召为司马,大概

与王坦之同时。坦之曾任抚军掾,迁从事中郎。

②相王:指简文帝。

③阿讷:许玄度的小名。按,这句暗示许玄度不胜任此职。

【译文】

从事中郎王坦之推荐许玄度任吏部郎,郗重熙说:"相王喜欢多事,不可让阿讷在吏部郎的座位上。"

三二

【原文】

王兴道谓谢望蔡①:"霍霍②如失鹰师③。"

【注释】

①谢望蔡:谢琰,因淝水之战破苻坚有功,封望蔡公。后任会稽内史、都督五郡军事,没有加强武备,终战败孙恩而死。

②霍霍:原指鸟急飞的声音,此指来去匆匆的样子。

③师:驯鹰的人。

【译文】

王兴道评论望蔡公谢琰说:"来去匆匆像个丢了鹰的驯鹰人。"

三三

【原文】

桓南郡每见人不快,辄嗔云:"君得哀家梨①,当复不烝②食不?"

【注释】

①哀家梨:指秣陵哀仲家的梨,又大又好,入口就溶化。
②烝:同"蒸"。按,这一句指愚蠢的人不辨味,得好梨也要蒸着吃。

【译文】

南郡公桓玄每当看见别人行事愚钝不爽快,总是生气地说:"您得到哀家的梨,该不会蒸着吃吧?"

假谲第二十七

【题解】

假谲，指虚假欺诈。本篇所记载的事例都涉及作假的手段，或说假话，或做假事，以达到一定的目的。从其中想要得到的结果看，有一些手段是阴谋诡计，而另一些则并非如此。例如第十二则记孙兴公嫁女之诈是事先策划的阴谋，而第七则记王羲之幼年为了保全性命而"诈孰眠"，就只是一种应变之计。还有一些随机应变的事例，虽然也是所谓谲，但全无恶意。例如第十四则记谢安不喜欢他的侄儿带香囊，"而不欲伤其意。乃谲与赌，得即烧之"。又如第二则记曹操让士卒望梅止渴，取得了预期的效果，于假谲中见机智，这类假谲似不宜加以指摘。但例如第三、四则叙述曹操的奸诈，通过惨杀别人来保护自己，透露出士族阶层中掌握生杀大权者的虚伪、残忍。又如第十三则记范玄平喜欢玩弄权术，本是有求于人却又心口不一，终于自食其果。这类假谲就无一毫可取了。

一

【原文】

魏武少时，尝与袁绍好为游侠①。观人新婚，因潜入主人园中，夜叫呼云："有偷儿贼！"青庐②中人皆出观，魏武乃入，抽刃劫新妇，与绍还③出，失道，坠枳④棘中，绍不能得动。复大叫云："偷儿在此！"绍遑迫⑤自掷⑥出，遂以俱免。

【注释】

①游侠：重义气、勇于救人急难的人。

②青庐：当时婚俗，用青布做帐幕，设于门旁，叫作青庐，新婚夫妇在里面行交拜礼。

③还（xuán）：迅速。

④枳（zhǐ）：多刺的树。枳树和棘树都多刺。

⑤遑迫：恐惧急迫。

⑥掷：腾跃。

【译文】

魏武帝曹操年轻时，喜欢与袁绍一起干些不务正业的游侠事儿。有一次，他们去看人家结婚，乘机偷偷进入主人的园子里，到半夜大喊大叫："有小偷！"青庐里面的人，都跑出来察看，曹操便进去，拔出刀来抢劫新娘子。接着和袁绍迅速跑出来，中途迷了路，陷入了荆棘丛中，袁绍动不了。曹操又大喊："小偷在这里！"袁绍惊恐着急，赶快自己跳了出来，两个人终于得以逃脱。

二

【原文】

魏武行役，失汲①道，三军皆渴，乃令曰："前有大梅林，饶子②，甘酸可以解渴。"士卒闻之，口皆出水。乘此得及前源。

【注释】

①汲（jí）：取水。
②饶子：果实很多。

【译文】

魏武帝曹操率领远行军，找不到通往水源的路，全军都很口渴。于是便传令说："前面有大片的梅树林子，果实很多，味道甜酸，可以解渴。"士兵听了这番话，口水都流出来了。利用这个办法得以赶到前面的水源。

三

【原文】

魏武常言："人欲危己，己辄心动。"因语所亲小人曰："汝怀刃密来我侧，我必说心动，执汝使行刑，汝但勿言其使，无他①，当厚相报。"执者②信焉，不以为惧，遂斩之。此人至死不知也。左右以为实，谋逆者挫气③矣。

【注释】

①无他：没有别的，无害。
②执者：指被逮捕的人。
③挫气：挫伤了勇气，丧气。

【译文】

魏武帝曾经说过："如果有人想要谋害我，我就会立刻感到心跳加速。"于是他告诉身边的一名侍从说:"你揣着刀隐蔽地来到我的身边,我一定会说感到心跳加速。我叫人逮捕你去执行刑罚,你只要不说出是我指使的,就会没事儿,到时一定重重酬报你。"那个侍从因为相信了他的话,一点儿也不觉得害怕,于是就被杀了。这个人到死也不醒悟啊。手下的人认为这是真的,谋反者丧气了。

四

【原文】

魏武常云:"我眠中不可妄近,近便斫①人,亦不自觉。左右宜深慎此。"后阳②眠,所幸③一人,窃以被覆之,因便斫杀。自尔每眠,左右莫敢近者。

【注释】

①斫(zhuó):砍。
②阳:通"佯",假装。
③所幸:宠幸的人。

【译文】

魏武帝曹操曾经说过:"我睡觉时不可随便靠近我,靠近我就要杀人,连自己也不知道。身边的人应该十分小心这一点。"有一天,曹操假装睡熟了,有个亲信偷偷地拿条被子给他盖上,曹操趁机把他杀死了。从此以后,每次睡觉的时候,身边的人没有谁敢靠近他。

五

【原文】

袁绍年少时,曾遣人夜以剑掷魏武,少下,不著。魏武揆①之,其后来必高,因帖②卧床上。剑至果高。

【注释】

①揆:揣测。
②帖:通"贴",紧挨。

【译文】

袁绍年轻的时候,曾经派人在夜里用剑投掷刺杀曹操,稍微偏低了一些,没有刺中。曹操考虑一下,第二次投来的剑一定偏高,就紧贴床躺着。剑投来果然偏高了。

六

【原文】

王大将军既为逆①,顿军姑孰。晋明帝以英武之才,犹相猜惮②,乃著戎服,骑巴賨马③,赍④一金马鞭,阴察军形势。未至十余里,有一客姥⑤,居店卖食,帝过愒⑥之,谓姥曰:"王敦举兵图逆,猜害忠良,朝廷骇惧,社稷是忧,故劬劳⑦晨夕,用相觇察⑧。恐形迹危露,或致狼狈,追迫之日,姥其匿之。"便与客姥马鞭而去,行敦营匝⑨而出。军士觉,曰:

"此非常人也!"敦卧心动,曰:"此必黄须鲜卑奴⑩来!"命骑追之,已觉多许里。追士因问向姥:"不见一黄须人骑马度此邪?"姥曰:"去已久矣,不可复及。"于是骑人息意而反。

【注释】

①"王大将军"句:晋明帝太宁元年(公元323年),大将军王敦任扬州牧。镇守姑孰(今安徽当涂)。第二年王敦起兵造反,直指建康,晋明帝事先知王敦将反,便暗中去察看王敦营垒。

②猜悍:疑惧。

③巴賨(cóng)马:巴州賨人所进贡的马。賨人是秦汉时居住在四川、湖南一带的民族。

④赍(jī):携带。

⑤客姥(mǔ):客居此乡的老妇人。

⑥愒(qì):同"憩",休息。

⑦劬(qú)劳:劳苦。

⑧觇(chān)察:侦察。

⑨匝(zā):一周,一圈。

⑩鲜卑奴:对晋明帝的蔑称。晋明帝母亲是燕地(今河北一带)人,鲜卑族曾居此地,而明帝相貌也像外族人,黄须。

【译文】

大将军王敦已经发动叛乱,把军队驻扎在姑孰。晋明帝虽有文才武略,对王敦还是猜疑畏惧的,于是就穿上军装,骑着良马,携带一条金马鞭,去暗中察看王敦军队的情况。离王敦的军营还差十多里,有一外乡老妇在店里卖小吃,晋明帝经过那里停下来休息,对她说:"王敦起兵图谋叛乱,猜忌并且陷害忠臣良将,朝廷惊恐,我担心国家的命运,所以早晚辛劳,来暗中侦察王敦的动向。恐怕行动败露,可能陷于困境。我被追击的时候,希望老人家为我隐瞒行踪。"于是把马鞭送给这位外乡老妇就离开,沿着王敦的营区走了一圈就出来了。王敦的士兵发现了,说:"这不是普通人啊!"王敦躺在床上,忽然心跳加速,说:"这一定是黄胡子的鲜卑奴来了!"下令骑兵去追赶他,可是已经相距很远了。追击的士兵就问刚才那位老妇:"没有看见一个黄胡子的人骑马从这里经过吗?"老妇说:"已经走了很久了,再也追不上了。"于是骑兵打消了追赶的念头就回去了。

七

【原文】

王右军年减十岁时,大将军甚爱之,恒置帐中眠①。大将军尝先出,右军犹未起。须臾,钱凤②入,屏人③论事,都忘右军在帐中,便言逆节④之谋。右军觉,既闻所论,知无活理,乃剔吐⑤污头面被褥,诈孰眠。敦论事造半,方忆右军未起,相与大惊曰:"不得不除之!"及开帐,乃见吐唾从横⑥,信其实孰眠,于是得全。于时称其有智。

【注释】

①"王右军"句:王敦是王羲之的堂伯父。《晋书·王允之传》认为这事属王允之。允之也是王敦的侄儿。减,少于。

②钱凤:字世仪,任王敦的参军,是王敦的谋主。王敦发动叛乱失败后,他也被杀。

③屏人:叫别人避开。

④逆节:叛逆。

⑤剔吐:用指头抠出口水。

⑥从横:即纵横,此指到处流淌。

【译文】

右军将军王羲之不满十岁的时候,大将军王敦很喜爱他,常常安排他留在自己的床帐中睡觉。有一次王敦先出帐,王羲之还没有起床。一会儿,钱凤进来,屏退手下的人,商议事情,一点儿也没想起羲之还在床上,就说起叛乱的计划。王羲之醒来,已经听到了他们的谈论,就知道没法活命了,于是抠出口水,把头脸和被褥都弄脏了,假装睡得很熟。王敦商量事情到中途,才想起王羲之还没有起床,彼此十分惊慌,说:"不得不把他杀了。"等到掀开帐子,才看见他吐得到处都是,就相信他真的睡得很熟,于是才保住了命。当时人们都称赞他有智谋。

八

【原文】

陶公自上流来赴苏峻之难①,令诛庾公,谓必戮庾,可以谢峻。庾欲奔窜,则不可;欲会,恐见执,进退无计。温公劝庾诣陶,曰:"卿但遥拜、必无他。我为卿保之。"庾从温言诣陶,至便拜。陶自起止之曰:"庾元规何缘拜陶士衡?"毕,又降就下坐。陶又自要起同坐。坐走,庾乃引咎②责躬,深相逊谢,陶不觉释然。

【注释】

①"陶公"句:晋成帝咸和二年(公元327年),庾亮参辅朝政。苏峻起兵反,庾亮逃到寻阳。当时陶侃(字士衡)起兵东下讨

伐苏峻，兵至寻阳，大家认为他要杀庾亮。

②引咎：归罪自己。

【译文】

陶侃从长江上游东下来平定苏峻的叛乱，下令惩办庾亮，认为一定要杀庾亮，才可以拒绝苏峻的要求，使他退兵。庾亮想要逃亡，却不行；想要去见陶侃，又恐怕被逮捕，进退两难。温峤劝庾亮去拜会陶侃，说："你只要远远就向他下拜行礼，一定没事儿，我给你担保。"庾亮采纳了温峤的意见去拜访陶侃，一到就行了个大礼。陶侃亲自站起来不让他行礼，说："庾元规为什么要拜我陶士衡？"庾亮行完大礼，又退下来坐在下座；陶侃又亲自请他起来和自己一道就座。坐好了，庾亮于是把罪过承担过来，严格要求自己，狠狠地自责，而且表示谢罪，陶侃在不知不觉中消除了疑虑。

九

【原文】

温公丧妇。从姑刘氏家值乱离散，唯有一女，甚有姿慧①，姑以属②公觅婚。公密有自婚意，答云："佳婿难得，但如峤比云何？"姑云："丧败之余③，乞粗存活，便足慰吾余年，何敢希汝比？"却后少日，公报姑云："已觅得婚处，门地粗④可，婿身名宦，尽不减峤。"因下玉镜台⑤一枚。姑大喜。既婚，交礼，女以手披纱扇⑥，抚掌大笑曰："我固疑是老奴，果如所卜。"玉镜台，是公为刘越石长史北征刘聪⑦所得。

【注释】

①有姿慧：漂亮，聪明。

②属：同"嘱"。
③丧败之余：兵荒马乱后的幸存者。
④粗：大体上，马马虎虎。
⑤玉镜台：玉制镜座，用以承托圆形的铜镜。
⑥纱扇：新娘用来遮脸的用具，疑是盖头一类。
⑦刘聪：五胡十六国时期汉的国君，匈奴族。

【译文】

温峤死了妻子，他的堂姑刘氏一家人碰上战乱，辗转离散，只有一个女儿，非常漂亮又很聪明，堂姑托温峤给找个女婿。温峤私下里有意给自己定亲，就回答说："称心如意的女婿不容易找到，只是和我一样的行不行？"姑母说："经过战乱活下来的人，只求马马虎虎保住条命，就足以让我晚年安适，哪里还敢希望和你一样。"过后不几天，温峤回复姑母说："已经找到一户人家，门第还过得去，女婿本人名声、官位全都不比我差。"于是送上一个玉镜台做聘礼。姑母非常高兴。等到结婚，行了交拜礼以后，新娘用手拨开纱扇，拍手大笑说："我本来就疑心是你这个老家伙，果然不出所料。"玉镜台是温峤做刘越石的长史北伐刘聪时得到的。

一〇

【原文】

诸葛令女，庾氏妇①，既寡誓云："不复重出。"此女性甚正强，无有登车②理。恢既许江思玄③婚，乃移家近之。初，诳女云："宜徙。"于是家人一时去，独留女在后。比其觉，已不复得出。江郎莫④来，女哭詈⑤弥甚，积日渐歇。江彪瞑入宿，恒在对床上。后观其意转帖⑥，彪乃诈厌⑦，良久不悟，声气转急。女乃呼婢云："唤江郎觉！"江于是跃来就之曰："我自是天下男子，厌，何预卿事而见唤邪？既尔相关，不得不与人语。"女默然而惭，情义遂笃。

【注释】

①"诸葛令女"句：诸葛恢大女儿为庾妇。
②登车：指女人出嫁乘车。
③江思玄：江彪，字思玄。下文又称江彪。
④莫：同"暮"。
⑤哭詈（lì）：又哭又骂。
⑥帖：安定。
⑦厌（yǎn）：同"魇"，做噩梦。

【译文】

尚书令诸葛恢的女儿是庾亮家的媳妇，她守寡后，发誓说："不再嫁人。"这个女子本性很正派、刚强，没有改嫁的可能。诸葛恢答应了江思玄求婚后，就把家搬到靠近江思玄的地方住下。起初他欺骗女儿说："应该搬到这里来。"后来家里人一下都走了，单单把女儿留在后面。等她省悟过来，已经再也出不去了。江思玄晚上进来，她哭骂得更加厉害，过了好些天才渐渐平静下来。江思玄天黑时来住宿，总是睡在对面床上。后来看她的心情更加平静了，江思玄就假装做噩梦，好久也没醒来，叫声和呼吸声更加急促。她于是招呼侍女说："叫醒江郎！"江思玄于是跳起来到她床上去，说："我原是世上的普通男子，做噩梦和你有什么关系，你为什么叫醒我呢？你既然这样关心我，就不能不和我说话。"她默不作声，感到羞愧，从此两个人的情义才深厚起来。

— —

【原文】

　　愍度道人始欲过江，与一伧道人①为侣，谋曰："用旧义②往江东，恐不办③得食。"便共立"心无义④"。既而此道人不成渡，愍度果讲义积年。后有伧人来，先道人寄语云："为我致意愍度，无义⑤那可立？治此计，权救饥尔，无为遂负如来也！"

【注释】

①伧道人：指中州和尚。当时吴人鄙薄中州人为伧。
②旧义：佛家原来的教义。
③不办：不能。
④心无义：佛教的一种教义。
⑤无义：指上文的"心无义"。

【译文】

　　愍度和尚起初想过江到江南，邀一个中州和尚结伴同行，二人商量说："在江南宣讲旧教义，恐怕难以糊口。"于是就共同创立了"心无义"。事后，这个和尚没有去成，愍度和尚果然在江南宣讲了多年的心无义。后来有个中州人过江来，先前那个和尚请他传话说："请替我问候愍度，告诉他，心无义怎么可以成立呢！当初想出这个办法，只是姑且用来度过饥寒罢了，不应因此就违背了如来佛呀！"

一二

【原文】

王文度弟阿智,恶乃不翅①,当年长而无人与婚。孙兴公有一女,亦僻错②,又无嫁娶理,因诣文度,求见阿智。既见,便阳言:"此定可,殊不如人所传,那得至今未有婚处?我有一女,乃不恶,但吾寒士,不宜与卿计,欲令阿智娶之。"文度欣然而启蓝田云:"兴公向来,忽言欲与阿智婚。"蓝田惊喜。既成婚,女之顽嚚③,欲过阿智。方知兴公之诈。

【注释】

①不翅:不啻,不止,不仅。
②僻错:怪僻,不近情理。
③顽嚚(yín):愚蠢而顽固。

【译文】

王文度的弟弟阿智,不只是愚蠢凶顽而已,当他长成人后也没有人与他结亲。孙兴公有一个女儿,也很怪僻反常、不近情理,又没有办法嫁出去,他便去拜访文度,要求见见阿智。见面后,便假意说:"这孩子必定合意,很不像人们所传的那样,哪能到现在还没有成亲!我有一个女儿,还不丑,只不过我是个贫寒之士,本不应和你商量,但我想让阿智娶她。"文度很高兴地告诉父亲蓝田侯王述说:"兴公刚才来过,忽然说起要和阿智结亲。"王述又惊奇又高兴。结婚以后,女方的愚蠢、顽固,快要超过阿智。这才知道孙兴公欺诈。

一三

【原文】

范玄平①为人好用智数②,而有时以多数失会③。尝失官居东阳,桓大司马在南州④,故往投之。桓时方欲招起屈滞⑤,以倾朝廷,且玄平在京,素亦有誉。桓谓远来投己,喜跃非常。比入至庭,倾身⑥引望,语笑欢甚。顾谓袁虎曰:"范公且可作太常卿。"范裁坐,桓便谢其远来意。范虽实投桓,而恐以趋时损名,乃曰:"虽怀朝宗⑦,会有亡儿瘗⑧在此,故来省视。"桓怅然失望,向之虚伫⑨,一时都尽。

【注释】

①范玄平:范汪,进爵武兴县侯,东阳太守,徐、兖二州刺史。后免为庶人。
②智数:智谋,权术。
③会:时机,机会。
④南州:指姑孰。桓温曾兼任扬州牧,镇守姑孰。按,上文的东阳也属扬州。
⑤屈滞:指被委屈、埋没的人才。
⑥倾身:侧身,表示仰慕。
⑦朝宗:谒见长官。
⑧瘗(yì):埋葬。
⑨虚伫(zhù):虚心期待。

【译文】

范玄平为人处世爱用权术,但有时因为多用了心计反而错失了机会。他曾经失掉官职住在东阳郡,由于大司马桓温在姑孰,便特意前去投奔他。桓温当时正想招揽起用不得志的人才,以胜过朝廷。再说范玄平在京都,一向也很有声誉,桓温认为他是远道来投奔自己,格外高兴、激动。等到他进入院内,便侧身伸长脖子远望,说说笑笑,高兴得很。还回头对袁虎说:"范公暂且可以任太常卿。"范玄平刚刚坐下,桓温就感谢他远道而来的好意。范玄平虽然确实是来投奔桓温,可是又怕人家说他趋炎附势,有损名声,便说:"我虽然有心拜见长官,也正巧我有个儿子葬在这里,特意前来看望一下。"桓温听了,无精打采,大失所望,刚才那种虚心期待之情,一下子全都化为乌有了。

一四

【原文】

谢遏年少时,好著紫罗香囊,垂覆手①。太傅患之,而不欲伤其意。乃谲与赌,得即烧之。

【注释】

①"谢遏"句:遏,谢玄的小名。又晋代的男子有带香囊的风尚。至于覆手,余嘉锡《世说新语笺疏》说:"覆手不知何物,恐是手巾之类。"

【译文】

谢遏少年时,喜欢佩带紫罗香囊,挂着手巾。太傅谢安为这事很担忧,又不想伤他的心。于是就骗他来赌,把他的香囊、手巾赢过来,就把它们烧掉了。

黜免第二十八

【题解】

黜免,指降职、罢官。本篇主要记述黜免的事由和结果,从其中可以窥见统治者内部的钩心斗角和晋王室衰微的情况。例如第一则记诸葛厷"为继母族党所谗,诬之为狂逆",结果遭到流放。这是亲戚间的排挤陷害。第七则记桓温要挟朝廷,强迫朝廷接受自己的安排。当时大臣拥兵自重,连皇帝也无可奈何,可见晋王室衰微到何种地步。

一

【原文】

诸葛厷在西朝,少有清誉,为王夷甫所重,时论亦以拟王。后为继母族党①所谗,诬之为狂逆②。将远徙,友人王夷甫之徒诣槛车③与别,厷问:"朝廷何以徙我?"王曰:"言卿狂逆。"厷曰:"逆则应杀,狂何所徙?"

【注释】

①族党:同族亲属。

②狂逆：狂放而且叛逆。

③槛车：囚车。

【译文】

诸葛厷在西晋时，年纪轻轻就有美好的声誉，得到王夷甫的器重，当时的舆论也拿他和王夷甫相比。后来被他继母的同族人造谣中伤，诬蔑他是狂放叛逆。将要把他流放到边远地区时，他的朋友王夷甫等人到囚车前和他告别，诸葛厷问："朝廷为什么流放我？"王夷甫说："说你狂放叛逆。"诸葛厷说："叛逆就应当斩首，狂放有什么可流放的呢！"

二

【原文】

桓公入蜀①，至三峡中，部伍中有得猿子者，其母缘岸哀号，行百余里不去，遂跳上船，至便即绝。破视其腹中，肠皆寸寸断。公闻之怒，命黜其人。

【注释】

①桓公入蜀：晋穆帝永和二年（公元346年），桓温西伐蜀汉李势，次年攻占成都。

【译文】

桓温出兵攻打蜀地，到达三峡时，军中有个人捕捉到一只小猿，那只母猿沿着江岸悲哀地号叫，一直跟着船走了百多里也不肯离开，终于跳上了船，一跳上就马上气绝。剖开母猿的肚子看，肠子都一寸一寸地断开了。桓温听说这事大怒，下令罢免了那个人的职务。

三

【原文】

殷中军被废①，在信安，终日恒书空作字，扬州吏民寻义逐之，窃视，唯作"咄咄怪事②"四字而已。

【注释】

①"殷中军"句：晋穆帝永和九年（公元353年），殷浩以中军将军受命北伐，结果大败而回，被桓温奏请废为庶人，于是迁居扬州东阳郡信安县。
②咄咄怪事：形容令人惊讶的怪事。

【译文】

中军将军殷浩被罢官以后，住在信安县，整天总是在半空中虚写字形。扬州的官吏和百姓沿着他的笔顺跟着他写，暗中察看，也只是写"咄咄怪事"四个字而已。

四

【原文】

桓公坐有参军椅①烝薤②，不时解，共食者又不助，而椅终不放，举坐皆笑。桓公曰："同盘尚不相助，况复危难乎？"

敕令免官。

【注释】

①椅（jī）：通"攲"，用筷子夹菜。

②烝薤（xiè）：余嘉锡《世说新语笺疏》说，《齐民要术·素食篇》有薤白蒸，是米薤同蒸，调以油豉。蒸熟后必凝结，故夹取较难。薤，也叫藠头（jiào tou）。

【译文】

桓温的宴席上有一位参军用筷子夹烝薤吃，一时夹不下来，同桌的人又不帮助，而他还夹个不停，满座的人都笑起来。桓温说："同在一个盘子里用餐，尚且不能互相帮助，更何况遇到危急患难呢！"便下令罢了他们的官。

五

【原文】

殷中军废后，恨简文①曰："上人著百尺楼上，儋②梯将去。"

【注释】

①"殷中军"句：殷浩兵败，桓温上表奏请罢免他。当时简文帝以抚军录尚书事，辅助朝政，所以奏请废殷浩。

②儋：同"担"，扛着。

【译文】

中军将军殷浩罢官以后，怨恨简文帝说："把人送到百尺高楼上，却扛起梯子走了。"

六

【原文】

邓竟陵①免官后赴山陵，过见大司马桓公。公问之曰："卿何以更瘦？"邓曰："有愧于叔达，不能不恨于破甑②。"

【注释】

①邓竟陵：邓遐，字应远，曾任桓温参军，升至竟陵郡太守，随桓温征伐多次，后桓温战败，罢了他的官。

②"有愧"句：指自己没有叔达那样的品德，对丢掉官职不能不感到遗憾。叔达即孟敏，字叔达，敦厚正直，有一次到市场买甑（zèng，做饭用的陶器），失手打破了，他连看也不看一眼就走了，认为既已打破，看也没用。有人欣赏他这种涵养。

【译文】

邓遐罢官后去参加皇帝的葬礼时，同时拜访了大司马桓温，桓温问他道："你为什么更加消瘦了？"邓遐说："我在叔达面前感到惭愧，不能不因打破饭甑而遗憾。"

七

【原文】

桓宣武既废太宰父子①，仍上表曰："应割近情，以存远计。若除太宰父子，可无后忧。"简文手答表曰："所②不忍言，况过于言？"宣武又重表，辞转苦切。简文更答曰："若晋室灵长③，明公④便宜奉行此诏；如大运去矣，请避贤路⑤。"桓公读诏，手战流汗，于此乃止。太宰父子远徙新安。

【注释】

①太宰父子：指司马晞和他的儿子司马综。司马晞，字道升，晋元帝第四子，简文帝之兄，初封武陵王，后升任太宰，为桓温所畏惧。简文帝即位后，桓温诬他将谋反，上奏章请逮捕司马晞父子问罪。简文帝不答应问罪，桓温又奏请把他们流放到扬州新安郡。

②所：可。

③灵长：绵延长久。

④明公：对地位尊贵者的敬称。

⑤贤路：任用贤德的人做官的途径、机会。按，简文帝这话暗指对桓温退位让贤，所以恒温看后不免流汗。

【译文】

桓温罢免了太宰司马晞父子的官职后，接着上奏章说："应该割断亲属近情，以留心长远大计。如果清除太宰父子，可以免除后患。"简文帝在奏章上亲手批示说："我可不忍心这样说，何况所做的超过了所说的。"桓温又重新上奏章，言辞越发迫切。简文帝再次批示说："如果晋王室的国运久长，明公就应该奉行这个诏令；如果晋王室国运已去，请让我避开进用贤人之路。"桓温读着诏书，害怕得手发抖、直流汗，这才停止上奏。司马晞父子俩被流放到遥远的新安。

八

【原文】

桓玄败后,殷仲文还为大司马咨议①,意似二三②,非复往日。大司马府听前有一老槐,甚扶疏③。殷因月朔④,与众在听,视槐良久,叹曰:"槐树婆娑⑤,无复生意!"

【注释】

①"桓玄"句:晋安帝元兴元年(公元402年),桓玄起兵反帝室,攻入建康,第二年称帝,到第三年刘裕起兵讨桓玄,桓玄败逃。殷仲文是桓玄姐夫,投奔桓玄,任侍中,后随桓玄出逃,脱离桓玄,回到京都。
②二三:时二时三,不专一,反复无定。
③扶疏:枝叶四散、分离的样子。
④月朔:阴历每月初一。
⑤婆娑:形容枝叶纷披。

【译文】

桓玄失败以后,殷仲文回到京都担任大司马咨议,心情似乎反复不定,不再像过去那样了。大司马府官厅前面有一棵老槐树,枝叶非常松散。殷仲文由于月初集会,和众人同在官府厅堂上,他对着槐树看了很久,叹息说:"老槐树枝叶随风飘零,不再有生机了!"

九

【原文】

殷仲文既素有名望,自谓必当阿衡朝政①。忽作东阳太守②,意甚不平,及之郡,至富阳,慨然叹曰:"看此山川形势,当复出一孙伯符③。"

【注释】

①阿(ē)衡朝政:辅佐帝王,主持国政。阿衡,一说是商代官名,这里指辅佐。

②"忽作"句:殷仲文脱离桓玄归朝廷后,任大司马咨议,忽调离京都,出任扬州东阳郡太守,实为降职,故不平。

③孙伯符:孙策,字伯符,东汉末吴郡富春(晋代改富阳)县人,曾任会稽太守,平定江东,为他弟弟孙权创立吴国奠定了基础。按,这句暗示自己要当孙伯符式人物。

【译文】

殷仲文既然向来很有名望,自认为必定能主持国政。如今忽然调任东阳太守,心里非常不平。等到郡上任职,经过富阳时,感慨地叹息说:"看这里的山河地理形势,该应当再出一位孙伯符那样的人。"

俭啬第二十九

【题解】

俭啬,指吝啬。本篇跟后面几篇,如汰侈、忿狷、谗险等,同样是记述士族阶层的各种性格表现。篇内所述多是豪族高官的一些生活侧面事例。例如第二、三、四、五则都是记司徒王戎的事。王戎"既贵且富",却吝啬异常;侄儿结婚,只送一件单衣做礼物,事后还又要了回来;女儿结婚时借了他的钱,不还钱就给脸色看;他的财富"洛下无比,契疏鞅掌,每与夫人烛下散筹算计"。这些都很有代表性地显示出一个守财奴的性格特点。

一

【原文】

和峤性至俭,家有好李,王武子①求之,与不过数十。王武子因其上直②,率将③少年能食之者,持斧诣园,饱共啖毕,伐之,送一车枝与和公,问曰:"何如君李?"和既得,唯笑而已。

【注释】

①王武子:王济,字武子,是和峤的妻舅,勇力过人,很有

②上直：当值；值班。
③率将：带领。

【译文】

和峤本性极为吝啬，自己家有良种李树，王武子向他要一点儿李子，他只给了不过几十颗。王武子趁他去值班，带着一班喜欢吃李子的小伙子，拿着斧子到果园里去，大家一起尽情地吃饱以后，把李树砍掉了，给和峤送去一车树枝。并且问道："比起你家的李树怎么样？"和峤收下了树枝，只是笑笑而已。

二

【原文】

王戎俭吝，其从子①婚，与一单衣，后更责②之。

【注释】

①从子：侄儿。
②责：索取。

【译文】

王戎节省吝啬，他的侄儿结婚，他只送一件单衣，过后又把单衣要回去了。

三

【原文】

司徒王戎既贵且富,区宅、僮牧、膏田①、水碓②之属,洛下无比。契疏③鞅掌④,每与夫人烛下散筹⑤算计。

【注释】

①区宅:房屋。僮牧:奴仆和放牧的仆人,仆役。膏田:肥沃的田地。
②水碓(duì):利用水力舂米的设备。
③契疏:契约账簿。
④鞅掌:众多。
⑤筹:筹码,计数用的工具。

【译文】

司徒王戎已经做了大官,地位显贵,又有富足的财产,房屋住宅、仆役、肥沃的良田、水碓之类,洛阳城里没有人能和他相比。契约账簿很多,他常常和妻子在烛光下摆开筹码来计算。

四

【原文】

王戎有好李,常卖之,恐人得其种,恒钻其核。

【译文】

王戎家有良种李子,常常拿出去卖李子,怕别人得到他家的良种,总是先把李子核钻个洞再卖。

五

【原文】

王戎女适裴𬱟,贷钱数万。女归,戎色不说。女遽还钱,乃释然。

【译文】

王戎的女儿嫁给裴𬱟,曾向王戎借了几万钱。女儿回到娘家,王戎的脸色就很不好看。女儿赶快把钱还给他,王戎不高兴的脸色才算消除了。

六

【原文】

卫江州①在寻阳,有知旧②人投之,都不料理③,唯饷王不留行④一斤。此人得饷,便命驾。李弘范闻之曰:"家舅⑤刻薄,乃复驱使草木。"

【注释】

①卫江州:卫展,字道舒,西晋末任鹰扬将军、江州刺史。江

州官署所在地是寻阳。

②知旧：知己和旧友。

③料理：照顾，帮助。

④王不留行：药草名，一名剪金花。送此物，是暗示不留。

⑤家舅：对人称自己的舅父。

【译文】

江州刺史卫展在寻阳时，有一位相知的老朋友投奔他，他却全都不做安排，只是送一斤"王不留行"草药。这个人得到了礼物后，就起身走了。李弘范听到这件事，说："我舅父太刻薄了，竟然役使草木来逐客。"

七

【原文】

王丞相俭节，帐下①甘果盈溢不散，涉春烂败，都督②白之，公令舍去，曰："慎不可令大郎③知！"

【注释】

①帐下：幕府中。

②都督：官名，是军事长官，等于卫队长。

③大郎：父称长子为大郎，这里指王悦。

【译文】

丞相王导本性节俭，幕府中的美味水果堆得满满的，也不分给大家。到了春天都腐烂坏掉了，卫队长禀报王导，王导叫他扔掉，嘱咐说："千万不要让大郎知道！"

八

【原文】

苏峻之乱，庾太尉南奔见陶公，陶公雅相赏重①。陶性俭吝，及食，啖薤②，庾因留白。陶问："用此何为？"庾云："故可种。"于是大叹庾非唯风流，兼有治实③。

【注释】

①赏重：赞赏，重视。
②薤：草本植物，地下有鳞茎，可以吃，也可以再种。靠近根部的薤头是薤白，也叫白。
③治实：治国的实际才能。

【译文】

苏峻叛乱时，太尉庾亮向南投奔去见陶侃，陶侃很赞赏并重视他。陶侃生性节俭吝啬，到吃饭的时候，给他吃薤头，庾亮顺手留下薤白不吃。陶侃问他："要这东西做什么？"庾亮说："仍旧可以种。"于是陶侃极力赞叹庾亮不仅风雅，同时有治国的实际才能。

九

【原文】

郗公大聚敛①，有钱数千万。嘉宾②意甚不同，常朝旦问讯。郗家法，子弟不坐，因倚语移时③，遂及财货事。郗公曰："汝正当欲得吾钱耳！"乃开库一日，令任意用。郗公始正谓损数百万许，嘉宾遂一日乞与④亲友，周旋⑤略尽。郗公闻之，惊怪不能已已。

【注释】

①聚敛：指搜刮钱财。
②嘉宾：郗超，字嘉宾，是郗愔的儿子，好施舍，喜交游。
③移时：过了很久。
④乞与：给予。
⑤周旋：指有交往的人。

【译文】

郗愔大肆搜刮钱财，有钱财几千万，郗超很不同意这样做。有一次，郗超早晨来问安，按照郗家的规矩，子弟不能坐着，嘉宾便靠着谈了好大一会儿，终于谈到钱财的事情。郗愔说："你只是想要我的钱罢了！"于是就打开钱库一天，让他随意取用。郗愔原先只以为会损失几百万左右，嘉宾竟然在一天内送给了亲友和有交往的人，几乎都用尽了。郗愔听到此事，惊诧不止。

汰侈第三十

【题解】

汰侈，指骄纵奢侈。跟上一篇相反，本篇记载的是豪门贵族凶残暴虐、穷奢极侈的本性。他们视人命如儿戏，石崇宴客，让美人行酒，客人饮酒不尽就杀美人，可是连杀三人，王敦还是不肯饮。石崇的凶暴，王敦的狠毒，令人发指。又如第七则记王恺处分一个人，把那人关在"曲阁重闺里"，让他活活冻饿死。这都是丧失人性的作为。另一方面，他们又极尽奢侈之能事，争豪斗富，暴殄天物。例如第四则记石崇和王恺斗富，用蜡烛做炊，用紫丝布做步障，大肆挥霍民脂民膏。第三则记王武子家以人乳喂猪，连皇帝都深为不满，"食未毕，便去"。可见当时贵族官僚及皇亲国戚骄纵奢侈到何种程度，这给人民和国家带来的灾难是不言而喻的。

一

【原文】

石崇①每要客燕集，常令美人行酒，客饮酒不尽者，使黄门②交斩美人。王丞相与大将军尝共诣崇，丞相素不能饮，辄自勉强，至于沉醉。每至大将军，固不饮以观其变。已斩三人，颜色如故，尚不肯饮。丞相让之，大将军曰："自杀伊家人，何预卿事？"

【注释】

①石崇：字季伦，晋代人，曾任荆州刺史，因劫夺远使、客商而致富。常与贵戚王恺等斗富，后被害。

②黄门：阉人，可以在内庭侍侯的奴仆。

【译文】

石崇每次邀请客人举行宴会，常常让美女斟酒劝客。如果哪位客人不干杯，就叫家奴杀掉劝酒的美人。丞相王导和大将军王敦曾经一同到石崇家赴宴，王导一向不能喝酒，这时总是勉强自己喝，直到大醉。每当轮到王敦，他坚持不喝，来观察情况的变化。石崇已经连续杀了三个美人，王敦神色不变，还是不肯喝酒。王导责备他，王敦说："他自己杀他家里的人，关你什么事！"

二

【原文】

石崇厕，常有十余婢侍列①，皆丽服藻饰②。置甲煎粉③、沉香汁④之属，无不毕备。又与新衣著令出，客多羞不能如厕。王大将军往，脱故衣，著新衣，神色傲然。群婢相谓曰："此客必能作贼。"

【注释】

①侍列：侍位，在各自的位置上侍候。

②藻饰：修饰，打扮。

③甲煎粉：一种香粉。

④沉香汁：沉香木制成的香水。

【译文】

石崇家的厕所里经常有十多个婢女列队侍奉客人，都穿着华丽的衣服，打扮得很漂亮。厕所里放上甲煎粉、沉香汁之类的物品，各样东西都准备齐全。又让上厕所的宾客换上新衣服出来，客人大多因为难为情不能上厕所。大将军王敦上厕所，就敢脱掉原来的衣服，穿上新衣服，神色傲慢。婢女们互相评论说："这个客人一定会作乱！"

三

【原文】

武帝尝降①王武子家，武子供馔，并用琉璃器。婢子百余人，皆绫罗绔袴②，以手擎③饮食。蒸㹠肥美，异于常味。帝怪而问之，答曰："以人乳饮㹠。"帝甚不平，食未毕，便去。王、石④所未知作。

【注释】

①降：临幸，指皇帝到某处去。

②袴（luó）：女人上衣。

③擎：托着。
④王、石：指王恺、石崇。

【译文】

晋武帝曾经到王武子家里去，武子设宴招待，食物全都用琉璃器皿来供奉。婢女一百多人，都穿着绫罗绸缎，用手托着食物。蒸小猪又肥嫩又鲜美，和一般的味道不一样。武帝感到奇怪，问他怎么烹调的，王武子回答说："是用人乳喂的小猪。"武帝非常不满意，还没有吃完，就走了。这是连王恺、石崇也不懂得的做法。

四

【原文】

王君夫①以粓糒澳釜②，石季伦用蜡烛作炊。君夫作紫丝布③步障④碧绫里四十里，石崇作锦步障五十里以敌之。石以椒⑤为泥，王以赤石脂⑥泥壁。

【注释】

①王君夫：王恺，字君夫，是晋武帝司马炎的舅父，与石崇（字季伦）斗富时，经常得到晋武帝的帮助。
②以粓（yí）糒（bèi）澳釜：徐震堮《世说新语校笺》"谓以饧（xíng）糖和饭擦锅子"。粓，同，"饴"，麦芽糖。糒：干饭。粓糒，也可能实是饴糒（bǔ），即糕饼。
③紫丝布：用紫色的丝织成的布。
④步障：古代盅贵出行，于道旁设置用来遮避风尘或禁止人们

窥视的幕布。

⑤椒：指花椒，其种子可用来和泥涂墙。

⑥赤石脂：风化石的一种，可用来涂饰墙壁。

【译文】

王君夫用麦芽糖拌和的干饭来擦洗锅子，石季伦用蜡烛当柴火做饭。王君夫用紫丝布做步障，衬上绿绫里子，长达四十里。石季伦则用锦缎做成长达五十里的步障来和他抗衡。石季伦用花椒当作泥来涂墙，王君夫则用赤石脂当泥来涂墙。

五

【原文】

石崇为客作豆粥，咄嗟①便办。恒冬天得韭蓱虀②。又牛形状气力不胜王恺牛，而与恺出游，极晚发，争入洛城，崇牛数十步后迅若飞禽，恺牛绝③走不能及。每以此三事为搤腕，乃密货④崇帐下都督及御车人，问所以⑤。都督曰："豆至难煮，唯豫作熟末⑥，客至，作白粥以投之。韭蓱虀是捣韭根，杂以麦苗尔。"复问驭人牛所以驶⑦。驭人云："牛本不迟⑧，由将车人不及制之尔。急时听偏辕⑨，则驶矣。"恺悉从之，遂争长⑩。石崇后闻，皆杀告者。

【注释】

①咄嗟：呼唤答应声。这里指一呼一应之间，即顷刻。

②韭蓱虀（jiǔ píng jī）：用韭菜、艾蒿等捣碎制成的腌菜。八月做这种菜，到冬天就难得了。

③绝：尽力。

④货：贿赂。

⑤所以：原因。

⑥末：末子，细碎的东西。

⑦驶：跑得快。

⑧"牛本"句：指驭手赶不上牛的速度而加以控制。《晋书》本传作"良由驭者逐不及，反制之"。

⑨偏辕：指让车的重心偏向一根辕木。这样，另一个车轮和地面的摩擦就轻，车就走得快。

⑩争长：争胜。

【译文】

　　石崇为客人做豆粥，很快就做好了。常常在冬天也会得到用韭菜、萍菜、蘁菜等做的调味品。另外，石崇家的牛外形、力气都赶不上王恺家的牛，可是他和王恺出外游览，回来时，他很迟才坐牛车起程，二人争先进洛阳城，石崇的牛走了几十步后就快得像飞鸟一样，王恺的牛拼命跑也追不上。王恺常常认为这三件事是最令人惋惜的，就暗中贿赂石崇府中卫队长和驭手，探问是什么原因。卫队长说："豆子是最难煮烂的，只有事先煮熟做成豆末，客人到了，煮好白粥，然后把豆末加进去。韭萍蘁是把韭菜根捣碎，挽上麦苗罢了。"又问驭手，牛为什么跑得飞快。驭手说："牛本来跑得不慢，由于驭手跟不上，反而控制着它罢了。紧急时就任车侧过一边，那么牛就会跑得飞快了。"王恺全按他们所说的去做，终于争到了头名。石崇后来听说了，就把泄密的人全都杀了。

六

【原文】

王君夫有牛名八百里驳①，常莹②其蹄角。王武子语君夫："我射不如卿，今指赌卿牛，以千万对之。"君夫既恃手快③，且谓骏物④无有杀理，便相然可⑤，令武子先射。武子一起便破的，却据胡床，叱左右速探牛心来。须臾，炙至，一脔⑥便去。

【注释】

①八百里驳：牛名。八百里，指可日行八百里。驳，指牛色黑白相间。

②莹：珠玉的光彩，这里指磨得晶莹光洁。

③手快：技术好。

④骏物：这里指好牛，跑得快的牛。

⑤然可：许可。

⑥脔：切成小块的肉。

【译文】

王君夫有一头牛名叫八百里驳，他经常把牛蹄、牛角磨得晶莹发亮。有一次，王武子对王君夫说："我射箭的技术赶不上你，今天想指定你的牛做赌注，和你赌射箭，我押上一千万钱来顶你这头牛。"王君夫既仗着自己射箭技术好，又认为千里牛没有可能被杀掉，就答应了他，并且让王武子先射。王武子一箭就射中了箭靶，退下来坐在马扎儿上，吆喝随从赶快把牛心取来。一会儿，烤牛心送来了，王武子品尝了一小块就走了。

七

【原文】

王君夫尝责一人无服余衵①，因直内著曲阁重闺②里，不听人将出。遂饥经日③，迷不知何处去。后因缘④相为，垂死，乃得出。

【注释】

①衵（rì）：内衣。
②曲阁重闺：指隐僻的弯曲相连的深宫内室。
③经日：过了几天。
④因缘：亲近的人；朋友。

【译文】

王君夫曾经责罚一个不穿内衣的人，把他关在深宫内院里，不让人带他出来。这个人终于饿了好几天，弄得精神恍惚，不知该往哪里走。后来一个朋友帮助了他，都快死了，才得以出来。

八

【原文】

石崇与王恺争豪①，并穷绮丽，以饰舆服②。武帝，恺之甥也，每助恺。尝以一珊瑚树高二尺许赐恺，枝柯扶疏，世罕其比。恺以示崇，崇视讫，以铁如意击之。应手而碎。恺既惋惜，又以为疾己之宝，声色甚厉。崇曰："不足恨，今还卿。"乃命左右悉取珊瑚树，有三尺、四尺，条干绝世，光彩溢目者六七枚，如恺许比甚众。恺惘然③自失。

【注释】

①豪：豪华，阔绰。

②舆服：指车马冠服与各种仪仗。

③惘（wǎng）然：失意的样子。

【译文】

石崇与王恺争斗谁家更富有，二人都用尽最鲜艳华丽的东西来装饰车马、服装。晋武帝是王恺的外甥，常常资助王恺。他曾经把一棵二尺来高的珊瑚树送给王恺，这棵珊瑚树枝条繁茂，世上很少有和它相当的。王恺拿来给石崇看，石崇看后，拿铁如意敲它，随手就打碎了。王恺既惋惜，又认为石崇是妒忌自己的宝物，一时声色俱厉。石崇说："不值得遗憾，现在就赔给你。"于是就叫手下的人把家里的珊瑚树全都拿出来，有三尺、四尺高的，树干、枝条举世无双而且光彩夺目的有六七棵，像王恺那样的就更多了。王恺看了很失意，不知所措。

九

【原文】

王武子被责，移第北邙下①。于时人多地贵，济好马射，买地作埒②，编钱匝地竟③埒。时人号曰"金沟"。

【注释】

①"王武子"句：王济，字武子，入为侍中，后出为河南尹，尚未到任，行过王宫，鞭打了王府官吏，被免官，于是移居北邙山下。北邙（máng），山名，即邙山，在今河南洛阳东北。

②埒（liè）：矮墙，这里指马埒，即跑马射箭的场所，四周用矮墙围着。

③竟：从头到尾。

【译文】

王武子被责罚贬了官，把家搬到了北邙山下。当时人多地贵，武子喜欢跑马射箭，就买地做跑马场，地价是用绳子穿着钱围着跑马场排一圈。当时的人把这里叫作"金沟"。

一〇

【原文】

石崇每与王敦入学①戏，见颜、原②象而叹曰："若与同升孔堂，去人何必有间③！"王曰："不知余人云何？子贡④去卿差近⑤。"石正色云："士当令身名俱泰⑥，何至以瓮牖⑦语人？"

【注释】

①学：学校。《晋书·石崇传》作"大学"，即设在京城的最高学府。

②颜、原：颜指颜回，字子渊；原指原宪，字子思，二人都是孔子的弟子。

③有间（jiàn）：有距离，有差别。

④子贡：端木赐，字子贡，是孔子的弟子。曾经在鲁国做官，家累千金。

⑤差近：比较近。

⑥泰：平安。

⑦瓮牖（yǒu）：用破瓮做窗户，比喻贫苦人家。据说原宪家就是这样的。石崇醒悟到不该以颜、原自比，所以正色而言。

【译文】

石崇经常与王敦进学校游览，看见颜回、原宪的画像就叹息说："如果和他们一起登上孔子的厅堂做弟子，那么和这些人又怎么会有差别呢！"王敦说："不知道孔门其余弟子怎么样，我看子贡和你比较相像。"石崇神色严肃地说："读书人应当使生活舒适，名位安稳，我怎么拿贫苦人来和别人谈论呢！"

——

【原文】

彭城王①有快牛，至爱惜之。王太尉与射，赌得之。彭城王曰："君欲自乘则不论；若欲啖者，当以二十肥者代之。既不废啖，又存所爱。"王遂杀啖。

【注释】

①彭城王：司马权，字子舆，是晋武帝的堂叔父，封为彭城王。

【译文】

彭城王有一头跑得很快的牛,他极为喜爱珍惜这头牛。太尉王衍和他赌射箭,赢得这头牛。彭城王说:"如果您想要用来驾车,我就不说什么了;如果想杀来吃,我就要用二十头肥牛来换下它。这既不妨碍您吃,又能留下我所喜爱的牛。"王衍竟把牛杀了吃掉了。

一二

【原文】

王右军少时,在周侯末坐,割牛心啖之①。于此改观。

【注释】

①"王右军"句:周侯,周颛,曾任吏部尚书,名望很大。王羲之年幼时不善于说话,人们还看不出他的特异之处。十三岁时去拜谒周颛,周颛看出他不比寻常。当时人们看重烤牛心这道好菜,吃饭时周颛特意先切一块烤牛心给王羲之吃,于是他才出名。

【译文】

右军将军王羲之年轻的时候,在武城侯周颛家做客,坐在末座上,吃饭时周颛先切牛心给他吃。从此人们改变了对他的看法。

忿狷第三十一

【题解】

忿狷（juàn），指愤恨、急躁。本篇所述，多是因一小事而生气、仇视或性急的事例。第一则记曹操只因一名歌女"情性酷恶"，就把歌女杀了。一怒之下，滥杀无辜，可以看出统治者的残酷。第六则记王子敬去谢安家不肯与习凿齿并榻而坐，只因王子敬出身士族，便仇视出身寒门的人，不肯屈尊。当时等级之森严，于此可见。至于描绘性情急躁者的表现，最生动的莫过于"王蓝田性急"一事，这里通过几个小的动作把一个因性急而暴怒的人，绘影绘声地刻画了出来。所有这些，让我们更清楚地看到豪门贵族的丑恶形象。

一

【原文】

魏武有一妓，声最清高，而情性酷恶。欲杀则爱才，欲置①则不堪。于是选百人，一时俱教。少时，还②有一人声及之，便杀恶性者。

【注释】

①置：赦免。

②还：一本作"果"，似乎更好。

【译文】

魏武帝曹操有一名歌女，她的歌声特别清脆高亢，可是性情极其恶劣。曹操想杀了她，却又爱惜她的才能；想赦免她，却又难以忍受。于是就挑选了一百名歌女同时培养。不久，果然有一名歌女的歌喉赶上了她，曹操便把那个性情恶劣的歌女杀了。

二

【原文】

王蓝田性急。尝食鸡子，以箸刺之，不得，便大怒，举以掷地。鸡子于地圆转未止，仍下地以屐①齿蹍之，又不得，瞋甚，复于地取内②口中，啮破即吐之。王右军闻而大笑曰："使安期③有此性，犹当无一豪④可论，况蓝田邪？"

【注释】

①屐（jī）：木板鞋。底部前后有两块突出的木头，就是后文的"齿"。

②内：同"纳"。

③安期：王述的父亲王承，字安期，清虚寡欲，为政宽恕，名望很大。

④豪：同"毫"。

【译文】

蓝田侯王述性情急躁。有一次吃鸡蛋,他用筷子去戳鸡蛋,没有戳进去,就大发脾气,把鸡蛋拿起来扔到了地上。鸡蛋在地上转个不停,他就下地用木履齿去踩,又没有踩破。他气极了,再从地上捡起来放进口里,咬破就吐了。右军将军王羲之听说了,大笑起来,说:"假使安期有这种性格,尚且没有一点儿可取之处,何况是蓝田呢!"

三

【原文】

王司州尝乘雪往王螭①许。司州言气②少有牾逆③于螭,便作色不夷④。司州觉恶⑤,便舆床⑥就之,持其臂曰:"汝讵复足与老兄计!"螭拨其手曰:"冷如鬼手馨,强来捉人臂!"

【注释】

①王螭:王恬,小名螭虎,是王胡之的堂弟。
②言气:说话和态度。
③牾(wǔ)逆:忤逆,触犯。
④不夷:不平和,不愉快。
⑤恶(wù):冒犯。
⑥舆床:举床。

【译文】

司州刺史王胡之有一次冒雪前去王螭府上。王胡之说话时的言语态度稍微有点冒犯到了王恬，王恬就变了脸色很不高兴。王胡之觉得冒犯了他，就把坐床挪近王恬身边，拉着他的手臂说："你难道值得和老兄计较！"王恬拨开他的手说："冷得像鬼手一样，还硬要来拉人家的胳膊！"

四

【原文】

桓宣武与袁彦道樗蒲①。袁彦道齿不合②，遂厉色掷去五木。温太真云："见袁生迁怒，知颜子为贵③。"

【注释】

①樗蒲（chū pú）：古代一种赌博棋戏，以掷五木决胜负。

②"袁彦道"句：五木是棋戏用具，原先用木头做成，一套是五颗，故称五木，类似色子。五木每个有两面，一面涂黑，一面涂白。以五木掷采，按所掷采数，执马（棋子）在棋盘上行棋。齿是博齿，也即色子。这里所谓齿不合，可能指所掷采数不符合。

③"见袁生"句：颜子，指颜回，是孔子的弟子。孔子说过："有颜回者好学，不迁怒，不贰过。"袁彦道迁怒，就比不上颜回了。

【译文】

桓温与袁彦道赌博，袁彦道掷五木的采数不合自己的心意，竟然板着脸把五木扔掉了。温太真说："看见袁生把怒气发泄到五木上，更知道颜子是可宝贵的。"

五

【原文】

谢无奕性粗强,以事不相得,自往数①王蓝田,肆言极骂②。王正色面壁③不敢动,半日,谢去。良久,转头问左右小吏曰:"去未?"答云:"已去。"然后复坐。时人叹其性急而能有所容。

【注释】

①数:数说,数落。
②肆言极骂:肆意攻击,极力谩骂。
③面壁:脸对着墙。

【译文】

谢无奕性子粗暴固执。曾因一件事与蓝田侯王述彼此意见不合,亲自前去数落王述,肆意攻击谩骂。王述表情严肃地转身对着墙,不敢动。过了半天,谢无奕已经走了很久,他才回过头问身旁的小吏说:"走了没有?"小吏回答说:"已经走了。"然后才转过身又坐回原处。当时的人赞赏他虽然性情急躁可是能宽容别人。

六

【原文】

王令①诣谢公,值习凿齿②已在坐,当与并榻。王徙倚③不坐，公引之与对榻。去后，语胡儿④曰："子敬实自清立⑤，但人为尔多矜咳⑥，殊足损其自然。"

【注释】

①王令：王献之，字子敬，曾任吴兴太守、中书令。

②习凿齿：字彦威，曾任桓温的主簿，后出为荥阳太守。

③徙倚：徘徊。按，王献之不肯和习凿齿并榻而坐，是因为自己出身士族，而习凿齿虽然世为乡间豪族，却是寒门。晋代看重门阀等级，士庶不同座。

④胡儿：谢朗的小名，谢朗是谢安的侄儿。

⑤清立：清高，特立。

⑥矜咳：徐震堮《世说新语校笺》说：咳，一本作"硋"（ài），疑是。矜咳，傲慢，固执。

【译文】

中书令王子敬去拜访谢安，正遇上习凿齿已经在座，按礼法本应和习凿齿并排坐；子敬却来回走动，不肯落座，谢安拉着他坐在习凿齿的对面。客人走后，谢安对谢朗说："献之确实是清高不随俗，不过人为地保持这样多的傲慢、固执，特别会损害自己的天然本性。"

七

【原文】

王大、王恭①尝俱在何仆射②坐，恭时为丹阳尹，大始拜荆州。讫③将乖④之际，大劝恭酒，恭不为饮，大逼强之，转苦，便各以裙⑤带绕手。恭府近千人，悉呼入斋；大左右虽少，亦命前，意便欲相杀。何仆射无计，因起排坐二人之间，方得分散。所谓势利之交，古人羞之。

【注释】

①王大、王恭：二人是同族叔侄关系，但是感情上有裂痕，所以会做出下文所述之事。

②何仆射：何澄，字子玄，曾任尚书左仆射，为人清正。

③讫：通"迄"，到。

④乖：指意见不合。

⑤裙：古人穿的下裳。

【译文】

王大、王恭曾经一起在左仆射何澄家做客，王恭当时担任丹阳尹，王大刚受任荆州刺史。到他们快要闹别扭的时候，王大劝王恭喝酒，王恭不肯喝，王大就强迫他，越来越急迫，随即各自拿起裙带缠在手上。王恭府中有近千人，全都叫来何澄家中；王大的随从虽然少，也叫他们前来，双方的意思是想要打起来。何澄没有办法，就站起来插入两个人中间坐着，才把两个人分开。人们所说的依仗权势和财富的交往，古人认为是可耻的行为。

八

【原文】

桓南郡小儿时，与诸从兄弟各养鹅共斗。南郡鹅每不如，甚以为忿。乃夜往鹅栏间，取诸兄弟鹅悉杀之。既晓，家人咸以惊骇，云是变怪，以白车骑①。车骑曰："无所致怪，当是南郡戏耳②！"问，果如之。

【注释】

①车骑：桓冲，桓玄的叔父，曾任车骑将军。

②"无所"句：桓冲不可能称自己的侄儿为南郡，这是记言疏忽。

【译文】

南郡公桓玄小时候，与堂兄弟们各自养了鹅来互相斗着玩。桓玄因为鹅常常斗输了，就非常恼恨他们的鹅。于是就在夜间到鹅栏里，把堂兄弟的鹅全抓出来杀掉。天亮以后，家人全都被这事吓呆了，说这是妖物作怪，去告诉车骑将军桓冲。桓冲说："没有可能引来怪异，定是桓玄开玩笑罢了！"追问起来，果然如此。

谗险第三十二

【题解】

谗险,指奸诈阴险。本篇所载,或进谗言,或用奸计,都有其阴险用心。例如第二则记用奸计游说,"几乱机轴",以求宠幸。第三则记用阴险手段阻止皇帝召见别人,以防失宠。又如第四则记因受谗言毁谤而用阴险手段离间进谗的人。等等。

一

【原文】

王平子形甚散朗,内实劲侠①。

【注释】

①劲侠:原注引邓粲《晋纪》作"劲狭",指刚烈、心胸狭隘。按,不管是"劲侠"还是"劲狭",都很难说是谗险。

【译文】

王平子外形看上去非常潇洒爽朗,而内心却实在刚烈狭隘。

二

【原文】

袁悦①有口才,能短长说②,亦有精理。始作谢玄参军,颇被礼遇。后丁艰③,服除还都,唯赍《战国策》④而已。语人曰:"少年时读《论语》《老子》,又看《庄》《易》,此皆是病痛⑤事,当何所益邪!天下要物,正有《战国策》。"既下,说司马孝文王⑥,大见亲待,几乱机轴⑦。俄而见诛。

【注释】

①袁悦:字元礼。晋孝武帝时,会稽王司马道子录尚书事,袁悦得到司马道子的宠信,且劝道子专揽朝政,后来,王恭把这事告诉了孝武帝。袁悦又盛赞得到司马道子宠昵的中书令王国宝忠谨。而孝武帝已渐不满意司马道子,因此迁怒于袁悦,便杀了他。

②短长说:指战国时代游说之士那种合纵连横的言论。

③丁艰:旧时遭父母之丧叫丁艰。其子女要在家守丧三年。

④《战国策》:主要是战国时代游说之士的言行录,记载了他们的政治主张和策略,由汉代刘向编定。

⑤病痛:毛病,比喻小事。

⑥司马孝文王:即会稽王司马道子。《晋书》作"文孝王"。

⑦机轴:指重要部门或职位。

【译文】

袁悦有口才,擅长游说,所说之言颇有精辟之理。他起初任谢玄的参军,得到颇为隆重的待遇。后来,遇到父母的丧事,在家守孝,除服后回到京都,只带着一部《战国策》罢了。他告诉别人说:"年轻时读《论语》《老子》,又看《庄子》《周易》,这些都是讲的小事,会增加什么好处呢!天下重要的书籍,只有《战国策》。"到了京都以后,去游说会稽王司马道子,受到了特别亲切的款待,几乎扰乱了朝政。不久就被杀了。

三

【原文】

孝武甚亲敬王国宝①、王雅②。雅荐王珣于帝,帝欲见之。尝夜与国宝及雅相对,帝微有酒色,令唤珣。垂至,已闻卒传声,国宝自知才出珣下,恐倾夺③要宠④,因曰:"王珣当今名流,陛下不宜有酒色见之,自可别诏召也。"帝然其言,心以为忠,遂不见珣。

【注释】

①王国宝:晋孝武帝时任中书令,后任尚书左仆射,善于谄媚,总揽大权。晋安帝时,兖州刺史王恭以讨伐王国宝为名起兵,晋室恐惧,杀国宝。
②王雅:字茂建,因得到宠幸而任太子少傅。
③倾夺:争夺。
④要宠:显要职务和宠幸。

【译文】

晋孝武帝很亲近敬重王国宝和王雅。王雅向孝武帝推荐王珣，孝武帝想要召见他。有一天夜晚，孝武帝和王国宝、王雅对坐喝酒，孝武帝脸上略带点酒色，便下令召见王珣。王珣将到，已经听到了吏卒传话的声音，王国宝知道自己的才能在王珣之下，恐怕王珣会争夺显职和宠幸，就对孝武帝说："王珣是当代的著名人士，陛下不宜带着酒色召见他，本来可以另外召见的。"孝武帝认为他的话说得对，心里认为他是忠心，于是没有召见王珣。

四

【原文】

王绪①数谗殷荆州于王国宝，殷甚患之，求术于王东亭。曰："卿但数诣王绪，往辄屏人，因论它事。如此，则二王之好离矣。"殷从之。国宝见王绪，问曰："比与仲堪屏人何所道？"绪云："故是常往来，无它所论。"国宝谓绪于己有隐，果情好日疏，谗言以息。

【注释】

①王绪：是王国宝的堂弟，是会稽王司马道子的心腹，任从事中郎，会谄媚。

【译文】

王绪屡次在王国宝面前说荆州刺史殷仲堪的坏话，殷仲堪对这事很担忧，向东亭侯王珣讨教对付他的办法。王珣说："你只要经常地去拜访王绪，一去就叫手下的人退出去，于是谈别的事情。这样，二王的交情就疏远了。"殷仲堪照他所说的去做。后来王国宝见到王绪，问道："你近来和殷仲堪在一起，赶走随从，都说些什么呢？"王绪回答说："只不过是一般往来，没谈别的什么事。"王国宝认为王绪对自己有隐瞒，果然两个人的感情日渐疏远了，谗言这才平息下来。

尤悔第三十三

【题解】

尤悔，指罪过和悔恨。本篇所记，多涉及政治上的斗争，少数是生活上的事情。有的条目侧重记述言行上的错误、坏事，有的侧重于悔恨，有的同时述及错误和悔恨。那些牵涉政治斗争的条目记载着为了争权夺位，置对手于死地的事实，可以看出统治阶级内部斗争的残酷性。第一则记魏文帝为了保住帝位，残忍杀害亲兄弟，这是罪行；第三则记陆机因受诬陷而被杀的时候慨叹"欲闻华亭鹤唳，可复得乎"，这是悔恨当初进入仕途；第六则记因为王导三缄其口，王敦才杀了周侯，事后王导知错而悔恨。

有的条目所载的不仅仅是悔恨，而是愧恨，是感到羞愧，心里自恨不该如此。例如第十五则记"简文见田稻，不识，问是何草，左右答是稻。简文还，三日不出"。身为皇帝而连稻苗也不认得，是应该羞愧得无地自容了。

一

【原文】

魏文帝忌弟任城王①骁壮②。因在卞太后③阁共围棋，并啖枣，文帝以毒置诸枣蒂中，自选可食者而进。王弗悟，遂杂进之。既中毒，太后索水救之；帝预敕左右毁瓶罐，太后徒跣趋井，无以汲，须臾，遂卒。复欲害东阿④，太后曰："汝已杀我任城，不得复杀我东阿！"

【注释】

①任城王：曹彰，字子文，卞太后第二子，封任城王。
②骁壮：勇猛，刚强。
③卞太后：魏文帝曹丕的母亲，曹丕登位时尊为太后。
④东阿：曹植，字子建，卞太后第四子，封东阿王。按，曹植封东阿王是曹丕死后之事。

【译文】

魏文帝曹丕忌妒弟弟任城王曹彰勇猛刚强。便趁在卞太后的住房里一起下围棋并吃枣的机会，文帝先把毒药放在枣蒂里，自己挑那些没放毒的吃；任城王没有察觉，就把有毒、没毒的混着吃了。中毒以后，卞太后要找水来解救他；可是文帝事先命令手下的人把装水的瓶罐都打碎了，卞太后匆忙间光着脚赶到井边，却没有东西打水，不久任城王就死了。魏文帝又要害死东阿王，卞太后说："你已经害死了我的任城王，不能再杀我的东阿儿啊！"

二

【原文】

王浑后妻，琅邪颜氏女，王时为徐州刺史，交礼拜讫，王将答拜，观者咸曰："王侯州将，新妇州民①，恐无由答拜。"

王乃止。武子以其父不答拜，不成礼，恐非夫妇，不为之拜，谓为"颜妾"。颜氏耻之，以其门贵，终不敢离。

【注释】

①"王侯"句：王浑袭父爵为京陵侯，故称王侯。晋代，州刺史往往掌握军权，王浑是扬烈将军、徐州刺史，所以称州将。颜氏女是琅邪国人，琅邪属徐州管辖，所以是州民。

【译文】

王浑的后妻是琅邪国颜家的女儿，王浑当时担任徐州刺史，颜氏行完交拜礼，王浑刚要答拜，旁观的人都说："王侯是州将，新娘是本州百姓，恐怕没有理由答拜。"王浑于是不答拜。王武子认为自己父亲不答拜，就还没有成婚，恐怕不算夫妻，也就不拜后母，只称她为"颜妾"。颜氏认为这是耻辱，只是因为王浑门第高贵，终究不敢离婚。

三

【原文】

陆平原河桥败，为卢志所谗，被诛①。临刑叹曰："欲闻华亭鹤唳②，可复得乎？"

【注释】

①"陆平原"句：陆平原，即陆机。在西晋"八王之乱"中，成都王司马颖任陆机为平原内史。太安初年，司马颖起兵讨伐长沙王司马乂，又任陆机代理河北大都督。陆机进兵洛阳，在河桥大败。

于是被司马颖的左长史卢志诬为将要谋反,最终被杀害。

②华亭鹤唳:华亭,今上海市松辽县西平原村,有华亭谷、华亭水,是陆机故居。其地出鹤,当地人谓之"鹤窠"。后来用"华亭鹤唳"表示怀念故土而感慨生平,悔入仕途。唳,鸣叫。

【译文】

平原内史陆机在河桥战败后,受到卢志的谗害,最终被杀。临刑时叹息说:"想听一听家乡华亭的鹤鸣声,还能听得到吗?"

四

【原文】

刘琨①善能招延,而拙于抚御。一日虽有数千人归投,其逃散而去,亦复如此,所以卒无所建。

【注释】

①刘琨:刘琨在西晋永嘉元年出任并州刺史,当时并州饥荒,百姓流散,寇盗猖狂。刘琨转战至晋阳,那里已是一片废墟。

【译文】

刘琨擅长招徕延揽人才,但是不善于安抚和驾驭他们。一天之内虽然有几千人前来投奔他,可是逃跑的也有这个数目,因此他终于没有什么建树。

五

【原文】

王平子始下①,丞相语大将军:"不可复使羌人②东行。"平子面似羌。

【注释】

①王平子始下:王平子是王澄的字,在西晋惠帝末年出任荆州刺史,东晋元帝召他为军谘祭酒,路过豫章,去探望堂兄弟王敦,被王敦杀害。

②羌人:羌族人。羌族是古代民族,住在西北一带。这里指王平子。

【译文】

王平子刚从荆州东下建康时,丞相王导告诉大将军王敦说:"不可以再让那个羌人到东边来。"因为王平子脸长得像羌人。

六

【原文】

王大将军起事,丞相兄弟诣阙谢①。周侯深忧诸王,始入,甚有忧色。丞相呼周侯曰:"百口委②卿!"周直过不应。既入,苦相存救。既释,周大说,饮酒。及出,诸王故在门。周曰:"今年杀诸贼奴,当取金印如斗大系肘后。"大将军至石头,问丞相曰:"周侯可为三公不?"丞相不答。又问:"可为尚书令不?"又不应。因云:"如此,唯当杀之耳!"复默然。逮周侯被害,丞相后知周侯救己,叹曰:"我不杀周侯,周侯由我而死,幽冥③中负此人!"

【注释】

①"王大将军"句:大将军王敦是王导的堂兄,在东晋初年,两个人共同辅佐晋元帝。永昌元年(公元322年),王敦在镇守地武昌起兵反,以诛刘隗为名,直下建康。当时王导任司空、录尚书事,每天带着同宗族的人到朝廷待罪。刘隗则劝晋元帝杀王氏。阙,皇宫门前两边的楼台,泛指皇宫、朝廷。

②委:托付。按,这句指希望周侯保全其家族。

③幽冥:暗昧,昏庸。

【译文】

大将军王敦起兵反,丞相王导兄弟到朝廷请罪。武城侯周𫖮特别担忧王氏一家,刚进宫时,表情很忧虑。王导招呼周𫖮说:"我一家百口就拜托你了!"周𫖮照直走过去,没有回答。进宫后,极力援救王导。事情解决以后,周𫖮极为高兴,喝起酒来。等到出宫,王氏一家仍然在门口。周𫖮说:"今年把乱臣贼子都消灭了,定会拿到像斗大的金印挂在胳膊肘上。"王敦攻陷石头城后,问王导说:"周侯可以做三公吗?"王导不回答。又问:"可以做尚书令吗?"王导又不回答。王敦就说:"这样,只该杀了他罢了!"王导再次默不作声。等到周𫖮被害后,王导才知道周𫖮救过自己,他叹息说:"我不杀周侯,周侯却是因为我而死,我在糊涂中辜负了这个人!"

七

【原文】

王导、温峤俱见明帝,帝问温前世所以得天下之由。温未答,顷,王曰:"温峤年少未谙,臣为陛下陈之。"王乃具叙宣王创业之始,诛夷名族,宠树同己①,及文王之末高贵乡公事②。明帝闻之,覆面著床曰:"若如公言,祚③安得长!"

【注释】

①"王乃"句:宣王,指司马懿,曾受魏文帝曹丕重用,后来,为了夺权,寻机把皇族曹爽和曹操的女婿、吏部尚书何晏杀掉,并杀太尉王凌等,还逮捕魏朝诸王公。这就是诛夷名族。与此同时,因太尉蒋济追随他杀曹爽等,便进封蒋济为都乡侯。这就是宠树同己。建立晋国时,追尊为宣王。

②高贵乡公事:文王司马昭继其兄司马师任魏大将军后,图谋代魏,杀魏帝高贵乡公,立曹奂为帝,并进爵为晋王,死后谥为文王。

③祚:通"阼",帝位。

【译文】

王导、温峤一起朝见晋明帝,明帝问温峤前朝统一天下的原因是什么。温峤还没有回答,一会儿,王导说:"温峤年轻,还不熟悉这一段的事,请允许臣为陛下说明。"王导就一一叙说晋宣王开始创业的时候,诛灭有名望的家族,宠幸并栽培赞成自己的人,以及文王晚年杀高贵乡公的事。晋明帝听后,掩面伏在坐床上,说:"如果像您说的那样,皇位怎么能长久呢!"

八

【原文】

王大将军于众坐中曰:"诸周由来未有作三公者。"有人答曰:"唯周侯邑①五马②领头而不克。"大将军曰:"我与周洛下相遇,一面顿尽③。值世纷坛④,遂至于此!"因为流涕。

【注释】

①邑:疑通"挹",取。

②马:赌博用的筹码。按,此处以赌博为喻,指周𫖮将做三公而被杀害。

③顿尽:指立刻倾吐真心。

④"值世"句:据《晋书·周𫖮传》载,王敦说此话是在他杀了周𫖮之后,只是《晋书》所记与此略有不同。

【译文】

大将军王敦在大庭广众中说:"周氏家族从来没有人做过三公。"有人回答说:"只有周侯已经拿到五个筹码领头,却不能取胜。"王敦说:"我和周𫖮在洛阳相会,初次见面,就能推心置腹。只是赶上世事乱纷纷,竟然落得这样的结局!"于是他为周𫖮流下泪来。

九

【原文】

温公初受刘司空使劝进①,母崔氏固驻②之,峤绝裾③而去。迄于崇贵,乡品④犹不过⑤也。每爵,皆发诏。

【注释】

①"温公"句:温峤任刘琨使臣劝进事。
②驻:车马停止不前。
③绝裾:扯断衣襟,表示去意坚决。裾,衣服的大襟或前后部分。
④乡品:本乡的品评。
⑤不过:不能通过。按,温峤母亲在江北去世,温峤无法归葬,所以后来提升他为散骑侍郎时,他坚决辞让。只是由于晋元帝诏令朝臣议定,这才接受任命。

【译文】

温峤当初受司空刘琨委派过江劝说晋元帝即帝位,他母亲崔氏坚决阻止他走,温峤不顾一切地走了。一直到他显贵以后,乡里的评论还是不能同意他的做法。每当给他晋升官爵,都要由皇帝发布命令来说明。

一○

【原文】

庾公欲起周子南①,子南执辞愈固。庾每诣周,庾从南门入,周从后门出。庾尝一往奄至,周不及去,相对终日。庾从周索食,周出蔬食②,庾亦强饭③,极欢。并语世故,约相推引,同佐世之任。既仕,至将军二千石,而不称意。中宵慨然曰:"大丈夫乃为庾元规所卖!"一叹,遂发背而卒。

【注释】

①周子南:周邵,字子南,隐居庐山。庾亮去拜访他,他躲避不见。后提拔为镇蛮护军、西阳太守。
②蔬食:指粗食。
③强饭:尽力进餐。

【译文】

庾亮想要起用周邵做官,周邵坚决推辞,特别固执。庾亮每次去拜访周子南,庾亮从大门进来,周邵就从后门出去。有一次庾亮一下子突然到来,周邵来不及躲开,就和庾亮面对面坐了一整天。庾亮向周邵要饭吃,周邵拿出粗茶淡饭,庾亮也吃得很香,特别高兴;二人谈论世事,约定互相推荐,共同担负起辅助国家的重任。周邵出来做官后,升为将军、郡守,却不称心。夜半感慨地说:"大丈夫竟被庾元规出卖了!"一声长叹,终于背疮发作而死。

——

【原文】

阮思旷奉大法①,敬信甚至。大儿年未弱冠,忽被笃疾。儿既是偏所爱重,为之祈请三宝②,昼夜不懈。谓至诚有感者,必当蒙佑。而儿遂不济③。于是结恨释氏④，宿命⑤都除。

【注释】

①大法：指大乘佛法，是佛教的一派，泛指佛法。

②三宝：佛教称佛、法、僧为三宝。佛指创教者释迦牟尼（泛指一切佛），法即佛教教义，僧指继承和宣扬佛教教义的僧徒。

③不济：指不能挽救，逝世。

④释氏：释氏泛指佛教，释是释迦牟尼的简称。

⑤宿命：佛教用语，指前世善恶决定今世命运。

【译文】

阮思旷信奉佛教，虔诚、信奉到了顶点。大儿子尚未成年，忽然患了重病。这个儿子既是自己特别喜爱和看重的，就为他祈请三宝，昼夜坚持不懈。自认为信仰最虔诚能有所感应，必定得到保佑。可是这个儿子到底也没救过来。于是就怀恨佛教，把原来所信奉的善恶相报的宿命之说全都抛弃了。

一二

【原文】

桓宣武对简文帝，不甚得语。废海西后，宜自申叙①，乃豫撰数百语，陈废立之意。既见简文，简文便泣下数十行。宣武矜愧，不得一言。

【注释】

①"废海西"：公元371年，桓温把晋帝废为海西县公，立简文

帝。申叙,指陈述事情。

【译文】

桓温回答简文帝的问话,说得不很尽意。废黜海西公后,他应当亲自申奏说明,便事先构思好几百句话,陈说废黜旧君、拥立新君的本意。见到简文帝后,简文帝就泪流不止。桓温既怜悯又羞愧,一句话也说不出来。

一三

【原文】

桓公卧语曰:"作此寂寂①,将为文、景②所笑。"既而屈起③坐曰:"既不能流芳后世,亦不足复遗臭万载邪?"

【注释】

①寂寂:形容冷落凄清,比喻不能做一番事业,登上帝位。
②文、景:指晋文帝司马昭和晋景帝司马师。这两个人都曾废旧主,立新君,为子孙篡位打下了基础。
③屈起:崛起,起来。

【译文】

桓温躺在床上和他的亲信说道:"像这样无声无息、无所作为,恐怕要被文帝、景帝所耻笑。"接着一下坐起来说:"既不能流芳百世,难道也不值得遗臭万年吗!"

一四

【原文】

谢太傅于东船行,小人引船,或迟或速,或停或待。又放船①从横,撞人触岸,公初不呵谴。人谓公常无嗔喜。曾送兄征西②葬还,日莫雨驶③,小人皆醉,不可处分④。公乃于车中手取车柱⑤撞驭人,声色甚厉。夫以水性沉柔,入隘奔激,方之人情,固知迫隘之地,无得保其夷粹。

【注释】

①放船:纵船,指让船任意漂荡,不加牵引。
②征西:指谢奕,曾任安西将军、豫州刺史,卒于官,追赠镇西将军(并非征西将军)。
③雨驶:雨很急。
④处分:处理。
⑤车柱:疑是支撑车篷的柱子。

【译文】

太傅谢安在会稽坐船出行,纤夫拉着纤绳,有时慢,有时快,有时停下,有时等候。有时又不拉,任凭船只任意飘荡,撞着别人的船,碰着河岸,谢安从不呵斥、责备。人们认为谢安常常不表示喜怒。有一次给他哥哥镇西将军谢奕送葬回来,正赶上天晚了,雨又急,赶车的驭手都喝醉了,掌握不住车子。谢安于是从车厢中拿下车柱来捅驭手,声色俱厉。按道理水的本性是很沉静、柔和的,可是一流入狭窄的地方就要奔腾激荡,拿人之常情来和水相比，自然会懂得人逢险境，就不能保持自己平和、纯洁的性格。

一五

【原文】

简文见田稻，不识，问是何草，左右答是稻。简文还，三日不出，云："宁有赖其末而不识其本①！"

【注释】

①"宁有"句：意指依靠谷米生活而不识其根本。末，指谷穗。本，指禾苗。简文帝因不识稻子而自责。

【译文】

简文帝看见田里的稻子，不认识，问是什么草，左右侍从回答是稻子。司马昱回到宫里，三天没有出门，说："哪里有依靠它的末梢活命，而不识其根本的呢！"

一六

【原文】

桓车骑在上明畋猎①，东信至，传淮上大捷。语左右云："群谢年少大破贼。"因发病薨。谈者以为此死，贤于让扬之荆②。

【注释】

①"桓车骑"句：东晋时，前秦的苻坚直下淮水、淝水，桓冲派三千精兵来保卫京都。谢安部署已定，便令桓冲兵退还。桓冲以为谢安没有将才，必败。不久，听说谢玄大捷，很羞惭，发病而死。上明，桓冲的镇守地。畋（tián）猎，打猎。

②让扬之荆：桓冲原为扬、豫二州刺史，后来因为谢安辅政，声望很高，就要求解除扬州职务离京。于是改授徐州刺史，后调荆州。按，桓冲既羞惭，又不能发愤图强，为国立功，所以谈者以为不如一死。

【译文】

车骑将军桓冲在上明打猎。东边的信使到了，传来淮上大捷的消息。桓冲对随从说："谢家年轻人大败贼寇！"于是就发病死了。舆论认为这样死胜过让出扬州刺史到荆州去。

一七

【原文】

桓公初报破殷荆州①，曾讲《论语》，至"富与贵，是人之所欲，不以其道，得之不处②。"玄意色甚恶。

【注释】

①"桓公"句：晋安帝隆安二年（公元398年），江州刺史桓玄、荆州刺史殷仲堪起兵反晋室，第二年桓玄又攻占荆州，杀殷仲堪。

②"富与贵"句：出自《论语·里仁》。

【译文】

桓玄刚刚接到打败荆州刺史殷仲堪的报告时，正在讲解《论语》，讲到下面一句："富有和尊贵，是人人都想得到的，如果不用正当的方法去得到它，君子是不能受用的。"桓玄听了，心情、脸色都很不好。

纰漏第三十四

【题解】

纰（pī）漏，指差错疏漏。本篇所记，多是在言行上由于疏忽而造成的差错，这对别人有警诫作用。例如第六则记述因没有考虑所问内容跟对话人有什么联系而贸然提问，结果触犯忌讳。第七、八则所记都是误解别人的话而闹出了笑话。

一

【原文】

王敦初尚主①，如厕，见漆箱盛干枣，本以塞鼻，王谓厕上亦下果，食遂至尽。既还，婢擎金澡盘盛水，琉璃碗盛澡豆②，因倒著水中而饮之，谓是干饭。群婢莫不掩口而笑之。

【注释】

①尚主：娶公主为妻。按，王敦娶晋武帝女舞阳公主。
②澡豆：古代供洗涤用的粉剂，用豆末和药制成，用来洗手洗脸。

【译文】

王敦刚娶了公主,去上厕所时,看见漆箱里装着干枣,这本来是用来塞鼻孔防臭的,王敦以为厕所里也摆设果品,便吃起来,竟然吃光了。出来时,婢女端着装水的金澡盘和装澡豆的琉璃碗,王敦便把澡豆倒入水里喝了,以为是干粮。婢女们都捂着嘴笑话他。

二

【原文】

元皇初见贺司空①,言及吴时事,问:"孙皓②烧锯截一贺头,是谁?"司空未得言,元皇自忆曰:"是贺劭。"司空流涕曰:"臣父遭遇无道,创③巨痛深,无以仰答明诏。"元皇愧惭,三日不出。

【注释】

①贺司空:贺循,字彦先,晋元帝任安东将军时,荐贺循任吴国内史。死后追赠司空。

②孙皓:三国时吴国最后一个君主,因中书令贺邵上书劝谏,便烧锯锯断贺劭的头。

③创:创伤,伤口。

【译文】

晋元帝初次召见司空贺循,说到三国东吴时的事情,问道:"孙皓烧红一把锯锯下一个姓贺的头颅,这个人是谁?"贺循不好说，元帝自己想起来，说："是贺邵。"贺循流着泪说："臣的父亲碰上无道昏君，臣的创痛深重，无法回答陛下英明的问话。"元帝很羞愧，三天也没有出门。

三

【原文】

蔡司徒渡江，见彭蜞①，大喜曰："蟹有八足，加以二螯②。"令烹之。既食，吐下委顿，方知非蟹。后向谢仁祖说此事，谢曰："卿读《尔雅》③不熟，几为《劝学》死！"

【注释】

①彭蜞：蟛蜞，螃蟹的一种，体小。

②"蟹有"句：出自蔡邕《劝学篇》，蔡邕是蔡谟的堂曾祖辈。螯，螃蟹前面的一对夹钳。

③《尔雅》：古代第一部分类解释词义的字书，《尔雅·释鱼》讲到蟛蜞。

【译文】

司徒蔡谟避乱渡江后见到彭蜞，非常高兴地背诵："螃蟹有八只脚，加上两个夹钳。"叫人煮来吃。吃完以后，上吐下泻，精神疲困，这才知道不是螃蟹。后来他向谢仁祖说起这件事，谢仁祖说："你读《尔雅》读得不熟，几乎被《劝学》害死了。"

四

【原文】

任育长①年少时,甚有令名。武帝崩,选百二十挽郎②,一时之秀彦③,育长亦在其中。王安丰选女婿,从挽郎搜其胜者,且择取四人,任犹在其中。童少时,神明可爱,时人谓育长影亦好。自过江,便失志④。王丞相请先度时贤共至石头迎之,犹作畴日相待,一见便觉有异。坐席竟,下饮,便问人云:"此为茶,为茗⑤?"觉有异色,乃自申明云:"向问饮为热,为冷耳⑥。"尝行从棺邸下度,流涕悲哀。王丞相闻之曰:"此是有情痴。"

【注释】

①任育长:任瞻,字育长,曾任仆射、都尉、天门太守。
②挽郎:出殡时牵引灵柩唱挽歌的人。
③秀彦:德才杰出的人。
④失志:失去神志,头脑糊涂。
⑤茶、茗:早采者为茶,晚采者为茗,一说茗是茶芽。
⑥"向问"句:冷和茗在晋代同韵,热和茶虽不同韵而主元音相近,所以任育长能改口。

【译文】

任育长年轻时,有很好的名声。晋武帝死后,要挑选一百二十人做挽郎,这些都是当时才德出众的人,任育长也在其中。安丰侯王戎要挑选女婿,从挽郎里面寻找超群的人,暂且挑出四个人,任育长仍然在其中。少年时代,他聪明可爱,当时的人认为他相貌也好。自从过江以后,就头脑糊涂了。过江时,丞相王导邀请先前渡江的贤达一同到石头城迎接他,还是像过去一样对待他,可是一见面便发现他有变化。安排好座席后,摆上茶来,任育长就问别人道:"这是茶还是茗?"刚一问,发现别人表情有变化,自己就申明:"刚才问茶是热的还是冷的罢了。"有一次,他从棺材铺前走过,流了泪,很悲痛。王导听说了,说道:"这是一位有情的痴子。"

五

【原文】

谢虎子①尝上屋熏鼠。胡儿既无由知父为此事,闻人道痴人有作此者,戏笑之,时道此,非复一过。太傅既了己之不知,因其言次,语胡儿曰:"世人以此谤中郎②,亦言我共作此。"胡儿懊热,一月日闭斋不出。太傅虚托③引己之过,以相开悟,可谓德教④。

【注释】

①谢虎子:虎子是谢据的小名,谢据是谢安的哥哥。
②中郎:指谢据。如果兄弟三人,第二个为中郎。谢安兄弟六人,谢安排行第三,谢据第二。
③虚托:假托。
④德教:以德教人。

【译文】

谢虎子曾经爬上屋顶熏老鼠。谢朗既无从知道父亲做过这件事,又听人说傻子会这样做,就嘲笑这种人,时常说起这种事,不只说过一遍。太傅谢安既然明白谢朗并不知道父亲做过这种事,趁他谈话中间,告诉胡儿说:"一般人拿这件事情来毁谤中郎,也说我一道这样做。"谢朗听了,悔恨焦躁,有一段时间关在书房里不出来。谢安假托援引自己的过错来开导他,使他醒悟过来,真可称得上德教。

六

【原文】

殷仲堪父病虚悸①,闻床下蚁动,谓是牛斗。孝武不知是殷公,问仲堪:"有一殷,病如此不?"仲堪流涕而起曰:"臣进退唯谷②。"

【注释】

①虚悸:因虚弱引起的心跳加速、心神不宁的病症。原注说殷父有精神病。

②进退唯谷:进退两难,这里指不知所对。

【译文】

殷仲堪的父亲生病得了虚悸症,听到床下有蚂蚁的响动,认为是牛在斗架。晋孝武帝不知道是殷仲堪的父亲,便问殷仲堪:"有一位姓殷的,病情这样这样,是吗?"殷仲堪流着泪站起来回答说:"臣不知说什么好。"

七

【原文】

虞啸父①为孝武侍中,帝从容问曰:"卿在门下②,初不闻有所献替③。"虞家富春④,近海,谓帝望其意气⑤,对曰:"天时尚暖,鲻⑥鱼虾鲊⑦未可致,寻当有所上献。"帝抚掌大笑。

【注释】

①虞啸父:会稽余姚人,为吴国内史、尚书、侍中。
②门下:官署名,即门下省,以侍中、给事黄门侍郎总管门下,是皇帝的侍从、顾问机构。
③献替:指进谏。献指奉献,替指除去,故献替即献善除恶,以谏君主。
④虞家富春:"春"字疑为衍文。汉代有富春县,但晋代已改名富阳,且不是虞氏原籍。
⑤意气:奉献,也指奉献的东西。
⑥鲻(zhì):鱼名,可以制酱。
⑦虾鲊:即鲊,经过加工的鱼类食品。

【译文】

虞啸父任晋孝武帝侍中时,孝武帝很和缓地问他:"你在门下省,怎么从来也没有听到献替过什么。"虞家富有,靠近海边,虞啸父误认为这是孝武帝希望他进贡,就回答说:"现在,节气还暖和,鱼类制品还得不到,不久将会有所奉献。"孝武帝听了拍手大笑。

八

【原文】

王大①丧后,朝论或云国宝应作荆州。国宝主簿夜函白事②云:"荆州事已行。"国宝大喜,而夜③开闾④,唤纲纪⑤,话势虽不及作荆州,而意色甚怡。晓遣参⑥问,都无此事。即唤主簿数之曰:"卿何以误人事邪?"

【注释】

①王大:王忱,又称阿大,任荆州刺史,卒于官。会稽王司马道子想让王国宝代替,孝武帝却任用殷仲堪。
②白事:报告,是文书的一种。按,王国宝误会了主簿所白的内容。
③而夜:一本作"其夜"。
④闾:大门旁边的小门。
⑤纲纪:主簿。
⑥参:检验。

【译文】

王忱死后,朝廷议论,有人说王国宝应该出任荆州刺史。国宝的主簿有一天夜里封好一份报告送上来,说:"荆州的事已经实现了。"王国宝非常高兴,当夜打开侧门叫主簿进来谈论情势问题,虽然没有说到出任荆州刺史的事,可是神情态度很安适。到天亮,派人去验证打探,完全没有这回事。王国宝立即叫主簿来并数落他,说:"你怎么耽误人家的事情呢!"

惑溺第三十五

【题解】

惑溺，指沉迷不悟。沉迷于声色、财富、忌妒、情爱里面而不能自拔，无所节制，都属惑溺。第一则记沉迷于女色，第五则记女子沉迷于男色而至于偷情。第三则记述因忌妒起风波。第六、七则同是记载夫妇间惑于情爱，第六则以为情爱可以不受礼法约束，其情虽深，而仍属惑溺，但是第七则是因宠幸而纵容，以至受到讥讽。

一

【原文】

魏甄后①惠而有色，先为袁熙妻，甚获宠。曹公之屠邺也②，令疾召甄，左右白："五官中郎③已将去。"公曰："今年破贼，正为奴④。"

【注释】

①魏甄后：魏文帝曹丕的皇后，姓甄。
②"曹公"句：东汉末，袁绍割据河北、山西等地，与曹操争

雄。袁绍死，其小儿子袁熙出任幽州刺史，把妻子留在邺城。公元214年，曹操大破袁尚，取邺城。

③五官中郎：指曹丕。曹丕登位前曾任五官中郎将，主管宫廷保卫。

④"今年"句：曹操想得到甄氏，只因曹丕抢先一步，只好改口这样说。

【译文】

魏甄后既聪明又有姿色，先前是袁熙的妻子，很受宠爱。曹操攻陷邺城屠杀百姓时，下令迅速传见甄氏，侍从禀告说："五官中郎已经把她带走了。"曹操说："今年打败贼寇，正是为了他。"

二

【原文】

荀奉倩与妇至笃，冬月妇病热，乃出中庭①自取冷，还以身熨之。妇亡，奉倩后少时亦卒，以是获讥于世。奉倩曰："妇人德不足称，当以色为主。"裴令闻之曰："此乃是兴到②之事，非盛德言，冀后人未昧此语。"

【注释】

①中庭：庭中。
②兴到：兴致所到。

【译文】

荀奉倩与妻子的感情非常深厚，冬天他妻子生了热病。他就亲自到院子里挨冻，再回屋里用身体贴着妻子。妻子死了，荀奉倩过后不多久也死了，因此受到世人的讥讽。荀奉倩曾经说过："妇女的德行不值得称道，应当以姿色为主。"中书令裴楷听说这句话，说道："这只是一时兴趣所至所做的事，不是德行高尚的人该说的话，希望后人不会被这句话弄糊涂。"

三

【原文】

贾公闾①后妻郭氏酷妒。有男儿名黎民，生载周②，充自外还，乳母抱儿在中庭，儿见充喜踊，充就乳母手中呜之③。郭遥望见，谓充爱乳母，即杀之。儿悲思啼泣，不饮它乳，遂死。郭后终无子。

【注释】

①贾公闾：贾充的字。
②载周：周岁。
③呜之：亲之。

【译文】

贾充的后妻郭氏极端忌妒。她有个儿子名叫黎民，出生才满一周岁时，贾充从外面回来，奶妈正抱着小孩在院子里玩，小孩看见贾充，高兴得欢蹦乱跳，贾充走过去在奶妈的手里亲了小孩一下。郭氏远远望见了，认为贾充爱上了奶妈，立刻把她杀了。小孩想念奶妈，不停地啼哭，不吃别人的奶，终于饿死了。郭氏后来到底没有再生儿子。

四

【原文】

孙秀①降晋，晋武帝厚存②宠之，妻以姨妹蒯氏，室家③甚笃。妻尝妒，乃骂秀为"貉子④"。秀大不平，遂不复入。蒯氏大自悔责，请救于帝。时大赦，群臣咸见。既出，帝独留秀，从容谓曰："天下旷荡⑤，蒯夫人可得从其例不？"秀免冠⑥而谢，遂为夫妇如初。

【注释】

①孙秀：字彦才，三国时吴国人，曾任夏口督，是王室的至亲。吴国亡国之主孙皓想除掉他，他事先知道了，便投奔晋国。

②存：慰问，安抚。

③室家：指夫妇。

④貉子：北方人轻视、辱骂南方人的口头语。貉子又名狸。

⑤旷荡：宏大，宽大。

⑥免冠：脱下帽子。古人免冠是表示谢罪。

【译文】

孙秀归降了晋国，晋武帝深加安抚并宠爱他，把小姨子蒯氏嫁给他，夫妻间感情很深厚。蒯氏曾经因为忌妒，竟骂孙秀是貉子。孙秀非常不满，就不再进内室。蒯氏深为悔恨自责，请求武帝帮助。当时正大赦天下，群臣都受到召见。召见完毕，群臣已经离开，武帝单独把孙秀留下，和缓地对他说："国家宽大为怀，实行大赦，蒯夫人是否可以援例得到宽恕呢？"孙秀脱帽谢罪，于是夫妻和好如初。

五

【原文】

韩寿①美姿容，贾充辟以为掾。充每聚会，贾女于青琐②中看，见寿，说之，恒怀存想，发于吟咏。后婢往寿家，具述如此，并言女光丽。寿闻之心动，遂请婢潜修音问；及期往宿。寿蹻捷③绝人，逾墙而入，家中莫知。自是充觉女盛自拂拭④，说畅⑤有异于常。后会诸吏，闻寿有奇香之气，是外国所贡，一著人则历月不歇。充计武帝唯赐己及陈骞，余家无此香，疑寿与女通，而垣墙重密，门阁急峻，何由得尔？乃托言有盗，令人修墙。使反曰："其余无异，唯东北角如有人迹，而墙高，非人所逾。"充乃取女左右婢考问，即以状对。充秘之，以女妻寿。

【注释】

①韩寿：字德真，官至散骑常侍、河南尹。
②青琐：刻镂成连环格的窗户。
③蹻捷：指动作强劲迅速。
④拂拭：指梳妆打扮。
⑤说畅：欢欣舒畅。说，同"悦"。

【译文】

韩寿姿态容貌都很美，贾充召他来做属官。贾充每次会集宾客，他女儿都从窗格子中偷看，见到韩寿，就喜欢上了，心里常常想念着，并且在咏唱中表露出来。后来她的婢女到韩寿家里去，把这些情况一一说了出来，并说贾女艳丽夺目。韩寿听说了，意动神摇，就托这个婢女暗中传递音信，到了约定的日期就到贾女那里过夜。韩寿动作有力迅速，身手不凡，他跳墙进去，贾家没有人知道。从此以后，贾充发觉女儿越发用心修饰打扮，心情欢畅，不同平常。后来贾充会见下属，闻到韩寿身上有一股异香的气味，这是外国的贡品，一旦沾到身上，几个月香味也不会消散。贾充思量着晋武帝只把这种香赏赐给自己和陈骞，其余人家没有这种香，就怀疑韩寿和女儿私通，但是围墙重叠严密，门户严紧高大，从哪里能进来私通呢！于是借口有小偷，派人修理围墙。派去的人回来禀告说："其他地方没有什么两样，只有东北角好像有人跨过的痕迹，可是围墙很高，并不是人能跨过的。"贾充就把女儿身边的婢女叫来审查讯问，婢女随即把情况说了出来。贾充秘而不宣，把女儿嫁给了韩寿。

六

【原文】

王安丰妇常卿安丰①。安丰曰："妇人卿婿，于礼为不敬，后勿复尔。"妇曰："亲卿爱卿，是以卿卿。我不卿卿，谁当卿卿②！"遂恒听之。

【注释】

①卿安丰：称安丰为卿。按，称对方为卿是平辈间表示亲热而不拘礼法的称呼。

②"亲卿"句：按礼法，夫妻要相敬如宾，而王妻认为夫妻相

亲相爱，不用讲客套。

【译文】

安丰侯王戎的妻子常常称王戎为卿。王戎说："妻子称丈夫为卿，在礼节上算作不敬重，以后不要再这样称呼了。"妻子说："亲卿爱卿，因此称卿为卿；我不称卿为卿，谁该称卿为卿！"于是索性任凭她这样称呼。

七

【原文】

王丞相有幸妾①姓雷，颇预政事，纳货。蔡公谓之"雷尚书②"。

【注释】

①幸妾：受宠爱的妾。
②尚书：官名，掌管文书奏章，协助皇帝处理政务。

【译文】

丞相王导有一个爱妾姓雷，很喜欢干预朝政，收受贿赂。蔡谟称她为"雷尚书"。

仇隙第三十六

【题解】

仇隙,指仇怨、嫌隙。本篇记述各种结怨的故事,点明结怨的起因,报仇的经过、结果等。其中一些条目反映出古人对仇怨所持的道德观念,例如古人认为杀父之仇,不共戴天,父仇必报,否则不孝。有一些条目记下了公报私仇的小人行径,如第七则,还有以个人好恶恩怨而欲置人于死地者,如第八则。这些内容也能反映出那个乱世的人情世态。

一

【原文】

孙秀既恨石崇不与绿珠①,又憾潘岳②昔遇之不以礼。后秀为中书令,岳省内见之,因唤曰:"孙令,忆畴昔周旋不?"秀曰:"中心藏之,何日忘之③?"岳于是始知必不免。后收石崇、欧阳坚石④,同日收岳。石先送市,亦不相知。潘后至,石谓潘曰:"安仁,卿亦复尔邪?"潘曰:"可谓'白首同所归'。"潘《金谷集诗》云:"投分寄石友,白首同所归⑤。"乃成其谶⑥。

【注释】

①绿珠：石崇的爱妾，善吹笛，很漂亮。孙秀曾派人向石崇索取绿珠，石崇不肯给。孙秀怒，矫诏逮捕石崇。

②潘岳：字安仁，曾任给事黄门侍郎。孙秀诬陷他和石崇追随淮南王等作乱，夷三族。

③"中心"句：引自《诗经·小雅·隰桑》，这里指心中存着这件事，哪一天能忘记。中心，心中。

④欧阳坚石：欧阳建，字坚石，是石崇的外甥。

⑤"投分"句：大意是，我希望寻找感情坚贞的知己，友情始终如一，同生共死。投分（fèn），志向相合，知交。石友，比喻像金石一样感情坚贞的朋友。

⑥谶（chèn）：预兆，预言。

【译文】

孙秀既怨恨石崇不肯把绿珠送给他，又不满潘岳曾经对自己不礼貌。后来孙秀任中书令，潘岳在中书省的官府里见到他，就招呼他说："孙令，还记得我们过去的来往吗？"孙秀说："中心藏之，何日忘之！"潘岳于是才知道免不了祸难。后来孙秀逮捕石崇、欧阳坚石，同一天逮捕潘岳。石崇首先押赴刑场，也不了解潘岳的情况。潘岳后来也押到了，石崇对他说："安仁，你也这样吗？"潘岳说："可以说是'白首同所归'。"潘岳在《金谷集诗》中写道："投分寄石友，白首同所归。"这竟成了他的谶语。

二

【原文】

刘玙兄弟少时为王恺所憎,尝召二人宿,欲默除之。令作坑,阬毕,垂加害矣。石崇素与玙、琨善,闻就恺宿,知当有变,便夜往诣恺,问二刘所在。恺卒迫①不得讳②,答云:"在后斋中眠。"石便径入,自牵出,同车而去,语曰:"少年何以轻就入宿!"

【注释】

①卒迫:同"猝迫",仓促,突然。
②讳:隐讳,隐瞒。

【译文】

刘玙兄弟二人年轻时是王恺所憎恨的人,王恺曾经请他们兄弟二人到家里住宿,想乘机暗中害死他们。就叫人挖坑,坑挖好了,就要杀害了。石崇向来和刘玙、刘琨很要好,听说二人到王恺家过夜,知道会有意外,就连夜去拜访王恺,问刘玙、刘琨兄弟在什么地方。王恺匆忙间没法隐瞒,只得回答说:"在后面房间里睡觉。"石崇就径直进去,亲自把他们拉出,一同坐车走了,并且对他们说:"年轻人为什么这么轻率地到别人家过夜!"

三

【原文】

王大将军执司马愍王①，夜遣世将②载王于车而杀之，当时不尽知也。虽愍王家亦未之皆悉，而无忌③兄弟皆稚。王胡之④与无忌长甚相昵。胡之尝共游，无忌入告母，请为馔。母流涕曰："王敦昔肆酷汝父，假手世将。吾所以积年不告汝者，王氏门⑤强，汝兄弟尚幼，不欲使此声著⑥，盖以避祸耳。"无忌惊号，抽刃而出，胡之去已远。

【注释】

①司马愍王：司马丞，字元敬，曾任湘州刺史，封为谯王，死后谥为愍王。
②世将：王世将，是王敦的堂兄弟，曾任荆州刺史，追随王敦叛乱，王敦曾任命他为平南将军、荆州刺史。
③无忌：字公寿，是司马丞的儿子。
④王胡之：字修龄，是王世将的儿子。
⑤门：家族。
⑥声著：声张。

【译文】

大将军王敦捉拿了愍王司马丞，夜里派王世将把他装到车里杀死了，当时人们不完全知道这件事。即使是司马丞家里的人也不是都了解内幕，而司马丞的儿子无忌兄弟又都年幼。王胡之和无忌二人，长大以后非常亲密。有一次，王胡之和无忌在一起游玩，无忌回家告诉母亲，请她准备饭食。母亲流着泪说："王敦从前肆意残害你父亲，借王世将的手把你父亲杀了。我多年来没有告诉你们，是因为王氏家族势力强大，你们兄弟还年幼，我不想把这件事张扬开来，原来是为了避祸啊。"无忌听了很震惊，号哭起来，拔出刀就跑出去，可是王胡之这时已经走远了。

四

【原文】

应镇南①作荆州，王修载②、谯王子无忌同室新亭与别。坐上宾甚多，不悟二人俱到。有一客道："谯王丞致祸，非大将军意，正是平南所为耳。"无忌因夺直兵参军③刀，便欲斫。修载走投水，舸④上人接取，得免。

【注释】

①应镇南：应詹，字思远，升任江州刺史、平南将军，死后追赠镇南大将军。

②王修载：应是王世将的儿子，《晋书·无忌传》说到饯行时，丹阳丞耆之在座，那么修载应是耆之的字。

③直兵参军：王公府里的属官。

④舸（gě）：大船。

【译文】

镇南大将军应詹担任荆州刺史时，王修载、谯王司马丞的儿子无忌同时到新亭给他送别。座上宾客很多，没想到这两个人都来了。有一位客人说："谯王司马丞遇难，不是大将军王敦的意思，只是平南将军干的罢了。"司马无忌于是夺了直兵参军的刀，就要杀王省之。王省之逃出去，被迫投河，船上的人救了他，才得以免死。

五

【原文】

王右军素轻蓝田，蓝田晚节论誉转重，右军尤不平。蓝田于会稽丁艰①，停山阴治丧。右军代为郡，屡言出吊，连日不果②。后诣门自通，主人既哭，不前而去，以陵辱③之。于是彼此嫌隙大构。后蓝田临④扬州，右军尚在郡，初得消息，遣一参军诣朝廷，求分会稽为越州⑤。使人受意失旨，大为时贤所笑。蓝田密令从事数⑥其郡诸不法，以先有隙，令自为其宜。右军遂称疾去郡，以愤慨致终。

【注释】

①丁艰：指王蓝田死了母亲。
②不果：没有成为事实，没有实现。
③陵辱：凌辱，侮辱。
④临：监临，治理。按，王述除服后，出任扬州刺史。
⑤求分会稽为越州：会稽郡属扬州，王羲之不愿在王述管辖之下，所以请求把会稽从扬州分出并升格为州。
⑥数：一一列举。

【译文】

右军将军王羲之一向轻视蓝田侯王述，王述晚年得到的评价和声誉更高更大，王羲之尤其不满。王述在任会稽内史时遭母丧，留在山阴县办理丧事。王羲之接替他出任会稽内史，他屡次说要前去吊唁，可是一连多天也没有去成。后来他亲自登门通知前来吊唁，等到主人哭起来后，他又不上灵堂就走了，以此来侮辱王述。于是双方深结仇怨。后来王述出任扬州刺史，王羲之仍然主管会稽郡，刚得到任命王述的音讯，就派一名参军上朝廷，请求把会稽从扬州划分出来，成立越州。使者接受任务时领会错了意图，结果深为当代名流所讥笑。王述也暗中派从事去一一检察会稽郡各种不法行为，因为两个人先前关系有裂痕，王述就叫王羲之自己找个合适的办法来解决。王羲之于是告病离任，因愤慨而送了命。

六

【原文】

王东亭与孝伯语，后渐异①。孝伯谓东亭曰："卿便不可复测。"答曰："王陵廷争，陈平从默，但问克终云何耳②。"

【注释】

①"王东亭"句：王恭（字孝伯）因为中书令王国宝专擅朝政，想杀国宝，而东亭侯王珣以为时机未到，极力劝止。后来王珣又劝王国宝辞职，以缓和矛盾。这里所谓后渐异，疑指此。

②"王陵"句：汉惠帝死，吕后想封诸吕为王，问右丞相王陵，王陵认为不可，再问左丞相陈平，陈平认为可以。后来陈平和周勃一起诛杀诸吕，立汉文帝，安定了刘氏天下。从默，依从，不说话。克终，结果，末了。

【译文】

东亭侯王珣与王孝伯两个人谈论过,后来意见逐渐不一样了。王孝伯对王珣说:"您怎么再也不可捉摸了?"王珣回答说:"王陵在朝廷上力争,陈平顺从而不说话,这都不足为据,只要问最终的结果怎么样就好了。"

七

【原文】

王孝伯死,县其首于大桁①。司马太傅命驾出,至标所②,孰视首,曰:"卿何故趣③欲杀我邪?"

【注释】

①"王孝伯"句:晋安帝时,太傅司马道子专权,引王愉、司马尚之为腹心。隆安二年(公元398年),王孝伯以讨伐王愉等为名,起兵反,兵败被杀。县(xuán),悬挂。大桁,即朱雀桥,横跨于秦淮河上。
②标所:立柱子悬首示众的地方。
③趣(cù):通"促",急促。

【译文】

王孝伯被处死后,把他的首级挂在朱雀桥上示众。太傅司马道子坐车到示众的地方,仔细地看着王孝伯的头,说道:"你为什么急着要杀我呢?"

八

【原文】

桓玄将篡,桓修欲困玄在修母许袭之①。庾夫人云:"汝等近,过我余年,我养之,不忍见行此事。"

【注释】

①"桓玄"句:桓玄和桓修是堂兄弟,桓修年幼时常受到桓玄的欺侮,所以怀恨在心。

【译文】

桓玄将要篡夺帝位时,桓修想趁桓玄在桓修母亲那里时袭击他。桓修母亲庾夫人说:"你们是近亲,等过了我的晚年再说吧,我抚养大了他,不忍心看见你们做出这样的事情。"